林汉达 成语故事

藏在春秋的成语

林汉达 著

王晓鹏 绘

北方联合出版传媒（集团）股份有限公司

万卷出版公司

·沈阳·

ⓒ 林汉达 王晓鹏 2018

图书在版编目（CIP）数据

藏在春秋的成语 / 林汉达著；王晓鹏绘.— 沈阳：万卷出版公司,2018.8
（2021.7重印）
（林汉达成语故事）
ISBN 978-7-5470-5008-8

Ⅰ.①藏… Ⅱ.①林… ②王… Ⅲ.①汉语—成语—
故事—儿童读物 Ⅳ.①H136.31-49

中国版本图书馆CIP数据核字（2018）第147496号

出 品 人：王维良
出版发行：北方联合出版传媒（集团）股份有限公司
　　　　　万卷出版公司
　　　　　（地址：沈阳市和平区十一纬路25号　邮编：110003）
印 刷 者：辽宁新华印务有限公司
经 销 者：全国新华书店
幅面尺寸：165mm×230mm
字　　数：135千字
印　　张：11.5
出版时间：2018年8月第1版
印刷时间：2021年7月第7次印刷
责任编辑：齐丽丽
责任校对：尹葆华
封面设计：范　娇
版式设计：范　娇
ISBN 978-7-5470-5008-8
定　　价：29.80元
联系电话：024-23284443
邮购热线：024-23284050
传　　真：024-23284521

怀念林汉达先生

周有光

　　林汉达先生（1900—1972）是我的同道、同事和难友。他是一位教育家、出版家和语文现代化的研究者。他一生做了许多工作，例如向传统教育挑战、推进扫盲工作、研究拼音文字、编写历史故事、提倡成语通俗化，等等。

　　1941年，林先生出版他的教育理论代表作《向传统教育挑战》，一方面批判地引进西方的教育学说，一方面向中国的传统教育提出强烈的挑战。他认为，要振兴中国的教育，必须改革在封建社会中形成的教育成规。在教学中，"兴趣和努力"是不应当分割的，"兴趣生努力，努力生兴趣"。他在半个世纪以前发表的教育理论，好像是针对着今天的教育实际问题，仍旧值得我们学习和深思。

　　1942年他出版《中国拼音文字的出路》，对拼音文字的"正词法"和其中的"同音词"问题，提出了新见解，使语文界耳目一新。他用"简体罗马字"译写出版《路得的故事》和《穷儿苦狗记》，在实践中验证理论。

　　1952年，教育部成立"扫除文盲工作委员会"，林先生担任副主任。他满腔热忱、全力以赴，投身于大规模的扫盲工作。他重视师资，亲自培训扫盲教师，亲自编写教材。

林先生认为语文现代化是教育现代化的必要条件。语文现代化的首要工作是"文体口语化"。文章不但要写出来用眼睛看得懂，还要念出来用耳朵听得懂，否则不是现代的好文章。他认为历史知识是爱国教育的必要基础。20世纪50年代后期开始，他把主要精力放在编写通俗的历史故事上。这一工作，一方面传播了历史知识，一方面以身作则，提倡文章的口语化。

林先生曾对我说："我一口宁波话，按照我的宁波官话来写，是不行的。"因此，他深入北京的居民中间，学习他们的口语，写成文稿，再请北京的知识分子看了修改。一位历史学者批评说，林先生费了很大的劲儿，这对历史学有什么贡献呢？但是，这不是对历史学的贡献，这是对教育和语文的贡献。"二十四史"有几个人阅读？中国通史一类的书也不是广大群众容易看懂的。中国青年对中国历史了解越来越贫乏。历史"演义"和历史"戏剧"臆造过多。通俗易懂而又趣味盎然的历史故事书正是今天群众十分需要的珍贵读物。

他接连编写出版了《东周列国故事新编》《春秋故事》《战国故事》《春秋五霸》《西汉故事》《东汉故事》《前后汉故事新编》《三国故事新编》《上下五千年》（由曹余章同志续完，香港版改名为《龙的故事》），用力之勤，使人惊叹！这些用"规范化普通话"编写的通俗历史故事，不但青年读来容易懂，老年读来也津津有味，是理想的历史入门书。这样的书，在我们这个历史悠久的文明古国里，实在太少了。

在编写历史故事的时候，他遇到许多"文言成语"。"文言成语"大多是简洁精辟的四字结构，其中浓缩着历史典故和历史教训。有的不难了解，例如"大题小做""后来居上""画蛇添足"。可是，对一般读者来说，很多成语极难了解，因为其中的字眼生僻，读音难准，不容易知道它的来源和典故，必须一个一个都经过一番费事的解释，否则一般人是摸不着头脑的。例如"惩前毖后""杯弓蛇影""守株待兔"。文言成语的生涩难懂妨碍大众阅读和理解，是不是可以把难懂的文言成语改得通俗一点儿呢？林先生认为是可以的，而且是必须的。他从1965年到1966年，在《文字改革》杂志上连续发表《文言成语和普通话对照》，研究如何用普通话里"生动活泼、明白清楚"的说法，代替生僻难懂的文言成语。他认为，"普通话比文言好懂，表现充分，生命力强，在群众嘴里有根"。

为了语文教育大众化，他尝试翻译中学课本中的文言文为白话文。例如《文字改革》杂志1963年第8期刊登的他的译文《爱莲说》。他提倡大量翻译古代名著，这是"五四"白话文运动以来做得很不够的一个方面。把文言翻译成为白话，便于读者从白话自学文言，更深刻地了解文言，有利于使文言名著传之久远，同时也推广了口语化的白话文。

林先生说，语文大众化要"三化"：通俗化、口语化、规范化。通俗化是叫人容易看懂；口语化就是要能"上口"，朗读出来是活的语言；规范化是要合乎语法、修辞和用词习惯。

周有光，原名周耀平，中国著名语言学家，汉语拼音方案的主要制订者，并主持制订了《汉语拼音正词法基本规则》，被誉为"汉语拼音之父"。

本文节选自周有光先生2000年所作《怀念林汉达先生——林汉达诞辰100周年》。

qiān jīn mǎi xiào

千金买笑

　　周幽王这位天王什么国事也不管，光讲究吃、喝、玩、乐，除了酒肉，就是女人。他打发人上各处去找美人儿，国家大事压根儿就没往心里搁。谁奉承他，他就喜欢；谁劝告他，他就头疼。顶叫他头疼的是赵叔带大夫，因为他奓（zhà）着胆子奏了一本，说："这会儿正是国家有难的时候，地震、山崩、饥荒这么些灾害都有。天王应当想法子找些能干的人来办事才是正理，怎么能在这会儿去找美人儿呢！"

　　周幽王恼羞成怒，革去赵叔带的官职，把他轰出去了。这本来是"杀鸡给猴看"的意思，省得别人再去唠叨。没想到惹到了另外一位大臣，叫褒珦（bāo xiàng），他凭着一股忠臣的劲儿去见天王，说："天王不怕天灾，

不问国事，反倒亲近小人，轰走大臣。您这么下去，咱们的国也要保不住啦。"周幽王挺生气，也不乐意跟他争，吆喝了一声，当时就把他下了监狱。从这儿起，再也没有人敢劝他了。

褒珦在监狱里待了三年，他家里的人一直给他想法儿。他们想："天王既然顶喜欢美人儿，我们得在这上头打主意。"他们就上各处去找美女，还真给他们找着了，他们花了些绢、帛，买了一个顶好看的乡下姑娘。褒家把她训练了一下，教了些歌舞，把她献给周幽王，这就是在中国历史上挺出名的美人儿褒姒（sì）。

西周与东周

周朝是中国历史上的第三个朝代，最高统治者叫作天子，前后有近八百年历史。最开始，镐京（镐hào）是周朝的都城，后人把这时候的周朝叫作"西周"。周幽王烽火戏诸侯后，周朝西面的土地就被西戎给占领了，国力衰弱。周幽王的儿子，即新继位的周平王不得已把都城迁到了东面的洛阳，这以后的周朝在历史上就被叫作"东周"。周幽王是"西周"的最后一位天子，千金买笑的故事就成了西、东周的分水岭。

周幽王一看见褒姒，那股子高兴劲儿就不用提了。褒姒那份儿漂亮，做梦也没梦见过，他觉得宫里头的美人儿都加到一块儿也抵不上褒姒的一丁点儿。他当时就免了褒珦的罪，把他放了。从这儿起，天王日日夜夜陪着这位天仙，把她看成心肝宝贝儿。周幽王这么宠着褒姒，褒姒可不喜欢他。她是个苦命的女子，被买来听人家摆布的。从她进了王宫，就老皱着眉头，连笑都没笑过一回。周幽王想尽法子要她露个笑脸，可她怎么也笑不出来。天王就出了个赏格："有谁能叫娘娘笑一下的，赏他一千金。"

　　这赏格一出来，就有好些人赶着想来发财。可是他们光能叫褒姒生气，有的甚至被她骂了出去。有一个顶能奉承天王的小人，叫虢石父（虢 guó），挺有小聪明，还真给他想出了一个"好"法子来。他对周幽王说："从前的君王为了防备西戎（戎 róng，西方游牧部族的总称，也叫犬戎）侵犯咱们的京城（就是镐京），就在骊山那一溜儿造起二十多座烽火台。万一敌人打进来，就一连串点起烽火来，让临近的诸侯瞧见，好出兵来救。这会儿天下太平，烽火台早就没有用了。我想请天王跟娘娘上骊山去玩儿几天。到晚上，咱们把烽火点着，叫诸侯们上个大当。娘娘见了这么些兵马一会儿跑过来，一会儿跑过去，没个不笑的。您说我这个法儿好不好？"周幽王眯着眼睛，拍着手，说："那还不好？就这么办吧。"

他们说走就走，带着褒姒到了骊山。周幽王的叔叔郑伯友得了这个信儿，怕他们出乱子，赶紧跑到骊山，劝天王别这么做。周幽王正在兴头上，这种话哪儿听得进去。他气着说："我在宫里闷得慌，难得跟娘娘出来一趟，放放烟火，解解闷儿，这也用得着你管吗？"

真的，烽火一点起来，半夜里满天全是火光。一眼瞧过去，不论远近，全是火柱子。临近的诸侯看见了烽火，赶紧带领着兵马跑到京城。听说天王在骊山，又急着赶到骊山。没想到，到了那儿，一个敌人也看不见，也不像打仗的样子，光听见奏乐和唱歌的声音。大伙儿你看看我，我看看你，都不知道是怎么回事。周幽王叫人去对他们说："辛苦了，各位！没有敌人，你们回去吧！"诸侯们这才知道上了天王的当，一个个气得肚子都快破了。

褒姒压根儿不知道他们闹的是什么玩意儿。她瞧见了这许多兵马忙来忙去，一点儿意思也没有。她问周幽王："这是怎么回事？"周幽王一五一十地告诉了她，还歪着脖子，带笑地问："好看吗？"褒姒觉得又好气又好笑，不由得冷笑了一声，说："呵呵，真好看！亏

您想得出这玩意儿！"这位糊涂到家的天王还当褒姒真笑了呢，心里一高兴，就把一千金赏给了那个小人虢石父。

褒姒生了个儿子，叫伯服。公元前777年，周幽王把原来的王后和太子宜臼（jiù）废了，立褒姒为王后，伯服为太子。宜臼的母亲是申侯的女儿，宜臼就逃到他姥爷家申国去了。申侯知道了周幽王要杀害宜臼，就联合了西戎向周室进攻。周幽王叫虢石父赶紧把烽火点起来。那些诸侯上回上了当，这回就当天王在开玩笑，全都不理他。烽火黑天白日地点着，也没有一个救兵来。京城里的兵马本来不多，只有一个郑伯友算是大将，出去抵挡了一阵，可是他的人马太少，末了，给敌人围住，被乱箭射死了。周幽王和虢石父，还有伯服，慌忙逃到骊山，全都被西戎杀了，连那个老关在宫里没有真正露过一次笑脸的美人儿，也给他们抢去了。

千金买笑

　　这个成语最早见于南朝·宋人鲍照的《白纻歌》。在史料里，通常只记载周幽王为博得褒姒一笑，烽火戏诸侯的故事，对周幽王赏赐虢石父千金的情节则没有记载，直到明代冯梦龙的《东周列国志》，才出现了虢石父得千金的情节。

　　虢石父向周幽王献计，用烽火戏弄诸侯逗褒姒开心，褒姒果然笑了一下，周幽王就赏给了虢石父一千金，不过周朝的金不是现在的黄金，而是铜铸的货币。千金，也泛指很多钱，表示物品特别贵重。古代有时也称别人家的女儿为"千金"，这是为了显示女孩子娇贵。

　　后来，"千金买笑"这个成语用来指为获得美人欢心而不惜花费重金。

dà yì miè qīn

大义灭亲

　　卫桓公（桓 huán）有个兄弟，叫州吁（xū）。州吁有些武艺，喜欢打仗。他瞧见哥哥卫桓公是个老实人，软弱无能，不像能做大事的，就瞧不起他。他和他的心腹石厚天天商量着怎么去抢君位。公元前 719 年，卫桓公动身上洛阳去朝见天王，州吁在西门外摆下酒席，给他送行。州吁端着一杯酒，对卫桓公说："今天哥哥出门，兄弟敬您一杯。"卫桓公说："我去去就来，兄弟何必这么费心？"说着也斟了一杯回敬。州吁两手去接，成心装作接不着，那酒盅就掉在地上了。他赶紧捡起来，转到卫桓公背后，拿出匕首扎过去，卫桓公就这么被他给杀了。周围都是州吁的人，还有谁敢说话？

　　州吁杀了国君，拜石厚为大夫，只说卫侯是得急病死的，就这么去向诸侯报丧。可是卫国的人都说国君是给州吁和石厚害死的。州吁和石厚就挺担心，总得想法子叫人家佩服才好哇。他们认为顶能叫人佩服的事就是打个胜仗，趁机会还可以掳掠些粮食来。于是，他俩就决定攻打郑国。

郑庄公就派公子吕去跟卫国人交战，嘱咐他："州吁夺了君位，不得民心，要打个胜仗，好叫老百姓服他。只要稍微给他一点儿面子，就能退兵。"公子吕领着一队人马出去应战，石厚上来招架。公子吕对付对付石厚，就往西门跑去。石厚带着人马追到西门。公子吕的军队进了城，关了城门，不出来了。石厚叫士兵们把西门外的谷子全割下来，运回卫国去，大模大样地总算打了胜仗。

州吁、石厚"得胜回朝"，满以为给卫国争了脸面，国内的人都该服他们了。哪儿知道老百姓背地里全都说开了，恨他们无缘无故地发动战争，害得人们不能好好地过日子。州吁对石厚说："他们还不服我，怎么办？"石厚说："我父亲当初在朝廷里人人佩

服，后来因为他老了，才住在家里休养。要是把他老人家请出来，大伙儿一定没有话说，您的君位也就稳了。"州吁也想着有个德高望重的老大臣出来支持他，就叫石厚去求他父亲。

石姓的起源

公孙碏，字石，也被称作石碏。他与卫国的国君属于同宗，都是来自姬姓家族。石碏由于大义灭亲，为国家社稷做出了很大贡献，《春秋》称他为"纯臣"。他的孙子为了将他的精神传承下去，就以他的字作为姓氏，从此改姓为石了，这是古老的"石"姓的起源之一。

春秋时的姓氏和我们现在不同，那时候的姓和氏是分开的。在最初的母系社会，来自同一个母系血缘的宗族有共同的姓。这个大的血缘宗族又由不同的分支和小家族组成，他们有各自的氏。所以，那时的人往往有姓又有氏，有同样姓的人，可能有不同的氏。比如：楚怀王和屈原都姓芈，但是楚怀王是熊氏，屈原是屈氏。由于不同的原因，有的人把姓放在名字里，有的人把氏放在名字里。

石厚见了父亲石碏（què），就问："新君怕人心不安，君位不定，想问您有什么好主意？"石碏说："诸侯即位应该得到天王的许可。只要天王答应了，还有什么说的？"石厚点了点头，说："话是不错，可就怕天王不答应，总得有人从旁说个情才好哇。"石碏说："陈侯跟天王挺亲密，跟咱们也有交情。你们先上陈国去，请陈侯在天王跟前说说，过后你们再去朝见，还怕不行吗？"

　　石厚把他父亲的好主意告诉了州吁，两个人高兴得拍手叫好，就带了些礼物，君臣俩亲自跑到陈国去。石碏也写了一封信，暗地里打发人送给他的好朋友陈国的大夫子针，求他帮忙。

　　州吁和石厚到了陈国，陈桓公叫子针招待他们，请他们在太庙里相见。子针早把太庙摆设得整整齐齐的，两位贵宾由子针招待着到了太庙门口，只见门外搁着一块牌子，上头写着："不忠不孝的人不许进去。"州吁和石厚倒抽了一口凉气，进去也不好，不进去也不好。石厚问子针："这牌子搁在这儿是什么意思？"子针说："这是敝国的规矩，没有什么别的意思。"他们才放下心，大胆地进去了。到了庙堂上，州吁和石厚刚要向陈侯行礼，就听见陈侯大声地说："天王有令：逮住杀害卫侯的乱臣州吁和石厚！"他刚说了这一句，旁边的武士早把他们俩抓住了。子针拿出石碏的那封信，向着大伙儿念起来，大意说：

外臣石碏磕头写信给敬爱的陈侯：

我国不幸，闹出了谋害国君的大祸。这全是州吁和石厚干出来的。这么不忠不孝的人要是不治罪，往后乱臣贼子准得更多。我老了，没有力量处治他们，只好想法子叫他们上贵国来。请您本着正理，把他们办罪。这不光是给卫国除害，也是给天下除害！

临到这会儿，州吁和石厚才知道他们上了石碏的当。陈桓公想把他们俩当场杀了。子针说："先别杀，石厚是石碏的亲生儿子，咱们不好意思杀他。还是通知卫国让他们自己瞧着办吧。"陈桓公就吩咐人把那两个人各关各的，然后打发使臣去通知石碏。

石碏自从告老回家，早就不过问朝廷的事了。今天接见了陈国的使臣，才上朝堂去见大臣们。大伙儿知道了那两个乱臣已经给抓住了，都说："这是国家大事，请国老做主。"石碏说："他们俩犯的是死罪，咱们只要派了人上陈国去杀他们就是了。"有位大臣说："乱

臣贼子人人都可杀得，我去杀州吁吧。"大臣们都说："好！主犯办了死罪，从犯就减轻刑罚吧。"他们这么说，为的是讨石碏的好。他们认为上了年纪的父亲总有点儿疼儿子的心，就是不好意思当着大伙儿的面护着自己的亲骨肉，只要大伙儿真心实意地替石厚求情，他准会顺水推舟地同意。可石碏发了脾气，瞪着眼睛说："州吁的罪全是没出息的小子弄出来的。你们替他求情，这明摆着是光顾人情，不讲道理了！你们当我是个什么人？谁杀石厚去？……谁杀石厚去？"问了两声，没有人言语，石碏气得呼呼的，就像得了气喘病。他的一个家臣说："国老别生气，我去就得了。"这么着，两个人就依照卫国大臣们的意见去处置州吁和石厚。

他们到了陈国，谢过了陈桓公，就分头去干，一人杀一个。州吁见了来人，大声吆喝着说："你是我的臣下，怎么敢来杀我？"那个人说："你不是先杀了国君吗？我不过是学你的样儿！"州吁什么也说不出来了。石厚见了来人，央告着说："我是应当死的，求你让我见见我父亲再死，行不行？"那个家臣说："行！我带着你的脑袋去见他吧！"

大义灭亲

出自《左传·隐公四年》："石碏，纯臣也，恶州吁而厚与焉，大义灭亲，其是之谓乎？"

石厚利欲熏心，帮助州吁弑君篡位，犯下了大错。石碏十分正直，心存忠义，毫不包庇自己的儿子，按照国法处置了石厚。

后来人们就用这个成语来赞扬那些心存正义，亲人犯错也不包庇的人。通常来说，当这个亲人的罪过非常大，甚至损害国家利益时才会用"大义灭亲"。

guǎn bào zhī jiāo
管 鲍 之 交

　　管仲，是春秋时期数一数二的人才。他有个好朋友叫鲍叔牙。他们两个人一块儿做过买卖，打过仗。买卖是合伙的，鲍叔牙的本钱多，管仲的本钱少。赚了钱哪，本钱少的倒多拿一份。鲍叔牙的手下人不服，都说管仲"揩油"。鲍叔牙偏护着他，说："没有的话，他家里困难，比我缺钱，等着使，我乐意多分点儿给他。"朋友之间这么分配金钱，在我国有句成语叫"管鲍分金"，就是这么来的。

　　说起打仗更得把人笑坏了。一出兵，管仲老躲在后头；退兵啊，他就跑在前头。人家瞧见都笑，说他贪生怕死。鲍叔牙又给他争理儿，说："他能贪生怕死吗？照实说吧，像他那么有勇气的人天下都少有。为的是他

母亲老了，又多病，他不能不留着自个儿去养活她。你们当他真不敢打仗吗？"管仲听见了这些话，就说："唉！生我的是父母，了解我的呀，只有鲍叔牙！"

齐襄公有两个兄弟，一个叫公子纠（jiū），一个叫公子小白。齐襄公荒淫暴虐（nüè）的时候，管仲带着公子纠跑去了鲁国，鲍叔牙带着公子小白跑去了莒国（莒 jǔ）。后来齐国内乱，齐襄公一帮人都被杀了。不久，齐国的使臣到了鲁国，说是大臣们派他来接公子纠去即位。鲁庄公亲自出兵，叫曹沫当大将，护送公子纠和管仲回齐国。管仲禀告鲁庄公，说："公子小白在莒国，离齐国不远。万一他先进去就麻烦了。请让我先带领一队人马去截住他吧。"鲁庄公依了他。

管仲带着几十辆兵车赶紧往前走，到了即墨听说莒国的兵马在吃一顿饭的工夫之前就过去了，他就使劲地往前追。一气儿跑了三五十里，真追着了，两个师傅和两国的兵车碰上了。管仲瞧见公子小白坐在车里，就跑过去，说："公子上哪儿去呀？"小白说："回国办丧事去。"管仲说："有您哥哥，您就别回去了，省得叫人家说闲话。"鲍叔牙虽说是管仲的好朋友，可是他为了护着自己的主人，就睁大了眼睛，说："管仲，各人有各人的事，你管得着吗？"旁边的士兵们挺横地吆喝

春秋五霸

　　《史记》里面说，"春秋五霸"是齐桓公、晋文公、楚庄王、秦穆公和宋襄公。他们在春秋时期实力都很强大。关于"春秋五霸"，历史上有许许多多的说法。但每一种说法中，齐桓公都在名单之上。

　　"霸"象征着身份与实力，从形式上来说，"霸"是一种地位，相当于诸侯长。周平王东迁后，天王就不太被诸侯们重视了，诸侯之间为了避免争端、均衡利益要进行会盟，会盟的主持者就是大家公选出的诸侯长。诸侯长是要受到王室认可的，齐桓公、晋文公和宋襄公都是被周天子认可的诸侯长。

　　"霸"也是国家实力的象征，楚国和秦国虽然常被中原各诸侯国排斥在会盟之外，但是楚庄王和秦穆公时期的军事力量十分强大，武功鼎盛在当时无可非议。

着，好像就要动手似的，管仲不敢多说，跟斗败的公鸡似的退下来，心里直不舒坦，总得想个法子不叫小白回去才好哇。他就偷偷地拿起弓箭，对准公子小白，嗖地

一箭射过去。公子小白大叫一声，口吐鲜血，倒在车里，眼看活不成了。鲍叔牙赶紧去救，也来不及了。大伙儿一见公子给人害了，全哭了起来。管仲赶紧带着人马逃跑。跑了一阵儿，想着公子小白已经死了，公子纠的君位稳了，就不慌不忙地保护着公子纠回齐国去。

谁知道管仲射中的是公子小白的带钩。公子小白吓了一大跳，又怕再来一箭，就故意大叫一声，咬破舌尖，摔在车里，连鼻子带门牙都摔出血来了。等大伙儿一哭，他才睁开眼睛，松了一口气。鲍叔牙叫人抄小道使劲地跑，管仲还在道上，他们早到了。鲍叔牙说："齐国连着闹内乱，这会儿非立一位有能耐的公子不可。"就立公子小白为国君，就是齐桓公（桓 huán）。又打发人去对鲁国说，齐国已经有了国君，请他们别送公子纠来了。可是鲁国的兵马已经到了齐国地界，齐国就发兵去抵抗。鲁庄公就是泥人儿，也有土性子，就跟齐国打起来了。没想到在乾时打了个败仗，土地也给齐国夺了去。

齐国要鲁国杀了公子纠，交出管仲。鲁国没有法子，都依了，就逼死了公子纠，拿住了管仲。谋士施伯说："管仲本事大，别放他回去，咱们留下他自己用吧。要不，就杀了他。"齐国的使者央告说："他射过国君，国君非得把他亲手杀了才能解恨。"鲁庄公就把公子纠的脑袋和活着的管仲交了出去。管仲在囚车里想："让我活着回去，准是鲍叔牙的主意。万一鲁侯后悔，叫人追上来怎么办？"他就在路上编了个歌，教随从的人唱。他们一边唱，一边赶路，越走越带劲，两天的道儿一天半就走完了。等到鲁庄公后悔了，再叫人追上去，他们早出了鲁国地界了。

管仲到了齐国，好朋友鲍叔牙先来接他，还把他介绍给齐桓公。齐桓公说："他拿箭射过我，要我的命，

你还叫我用他吗？"鲍叔牙说："那会儿他帮着公子纠，阻止您回国是他的忠心！论本领，他比我强得多。主公要是能够用他，他准能给您干出大事来。"齐桓公就依了他的话，拜管仲为相国。

管鲍之交

出自《列子·力命》："管仲常叹曰：'生我者父母也，知我者鲍叔也。'此世称管鲍善交者。"

管，指管仲；鲍，指鲍叔牙。鲍叔牙对管仲十分了解、信任，宁可损失自己的利益也要帮助管仲。管仲就说："生我的人是我的父母，最了解我的人是鲍叔牙呀！"他们俩这种友谊就被称为"管鲍之交"。

后来人们就用这个成语来形容两个人之间情深义重，坚固长久的友谊。历史上有名的知己还有俞伯牙与钟子期，高山流水遇知音。

一鼓作气

yì gǔ zuò qì

　　齐桓公拜管仲为相国的信儿传到了鲁国，鲁庄公气得直翻白眼。他说："我当初真不该不听施伯的话，把他放了。什么射过小白，要亲手杀他才出气。他们原来把我当作木头人儿，压根儿就没把鲁国放在他们的眼里。照这么下去，鲁国还保得住吗？"他就开始练兵，造兵器，打算报仇。齐桓公（桓 huán）听了，想先下手，就要打到鲁国去。管仲拦着他，说："主公才即位，本国还没安定下来，可不能在这会儿去打人家。"齐桓公正因为刚即位，想出风头，显出他真比公子纠强得多，也好叫大臣们服他，要是依着管仲先把政治、军队、生产一件件都办好了，那还不知道要等到什么时候。他就叫鲍叔牙当大将带领大军，一直打到鲁国的长勺去。

鲁庄公气了个半死，脸红脖子粗地说："齐国欺负咱们，太过分了！施伯，你瞧咱们是非得拼一下子不可吧？"施伯说："我推荐一个人，准能对付齐国。"鲁庄公急着问他："谁呀？"施伯说："这人叫曹刿（guì），挺有能耐，文的武的都行。要是咱们真心去请他，他也许能出来。"鲁庄公就叫施伯快去请。

施伯见了曹刿，把本国给人欺负的事说明白了，又拿话激他，想叫他出来给本国出点儿力气。曹刿笑着说："怎么？你们做大官吃大肉的还要跟我们吃苦菜的小百

曹　刿

曹刿是历史上有名的军事理论家，他是周文王的儿子曹叔振铎的后代，和曹国的君主是同宗。据说曹刿当时在鲁国的一座山上隐居。齐国、鲁国交战，鲁国连输了好几仗，被齐国大军压境。危难之际，曹刿为鲁庄公出谋划策，反败为胜，在历史上留下精彩的一笔。但此后的曹刿却消失在历史文献中。有一种说法认为，曹刿在鲁庄公三十三年的时候谋反，被鲁庄公的儿子公子般制服，赶出了鲁国，最终病死在莒国（莒 jǔ）。

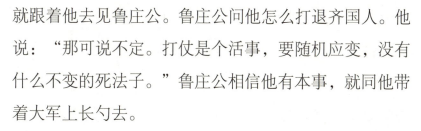

姓商量大事吗？"施
伯赔着笑脸说："好
兄弟，别这么说了。"
他一个劲儿央告，求曹刿帮
助国君过了这道难关。曹刿
就跟着他去见鲁庄公。鲁庄公问他怎么打退齐国人。他
说："那可说不定。打仗是个活事，要随机应变，没有
什么不变的死法子。"鲁庄公相信他有本事，就同他带
着大军上长勺去。

到了长勺，摆下阵势，远远地对着齐国的兵营。两
国军队的中间隔着一片平地，好像是一条干了的大河，
两边的军队好像是挺高的河堤。哪一边都能往中间倒
下，什么时候都能把这河道填满。鲍叔牙上回打赢了，
知道对面不能先动手，就下令打过去。鲁庄公一听见对
面的鼓声响得跟打雷似的，就叫这边也打鼓。曹刿拦住
他，说："等等。他们这会儿正在兴头上。咱们出去，
正合了他们的心意，不如在这儿等着，别跟他们打。"
鲁庄公就下令，不许嚷，不许打，光叫弓箭手守住阵脚。
齐国人随着鼓声冲过来，可没碰上对手，没法打进去，
就退回来了。待了一会儿，又打鼓冲锋。对手呢，好像
在地上扎了根似的动也不动，一个人也不出来。

　　齐国人白忙了半天，使不出劲儿来，真没有意思，嘴里直唠叨。鲍叔牙可不灰心，他说："他们不敢打，也许是等着救兵呢。咱们再冲一回，不管他们出来不出来，一直冲过去，准能赢了。"这就打第三通鼓了。那伙子士兵都腻烦死了。明知道鲁国人只守不战，干吗还去呢？命令又不能不依，去就去吧。大伙儿就又跑过去了。谁知道对面忽然"咚咚咚"鼓声震天响，鲁国的将士"哗"一下子都冲出来，就跟雹子打荷叶似的打得齐国兵马全垮了。鲁庄公看齐兵拼命逃跑，就要追。曹刿说："慢着，让我瞧瞧再说。"他就站在兵车上，手搭凉棚往前瞧，瞧了一阵儿，又下来看看敌人的车印和脚印，才跳上车去，说："追上去吧！"就这么追了三十多里，得着了好些敌人的兵器和车马。

　　鲁庄公赢了，问曹刿："头两回他们打鼓，你为什么不许咱们打鼓呢？"曹刿说："打仗全凭一股子劲儿。打鼓就是叫人起劲儿。头一回的鼓顶有力，第二回就差了，第三回就是响得再怎么厉害，也没有劲儿了。趁着他们没有劲儿的时候，咱们'一鼓作气'打过去，怎能不赢呢？"鲁庄公直点头，可还不明白人家跑了为什么不赶紧追上去。曹刿说："敌人逃跑也许是假的，说不定前面有埋伏，非得瞧见他们旗子也倒了，车辙也乱了，

兵也散了，才能够大胆地追上去。"鲁庄公挺佩服地说：

"你真是个精通兵事的将军。"

一鼓作气

出自《左传·庄公十年》："夫战，勇气也。一鼓作气，再而衰，三而竭。"

作，振作；气，勇气。鲁庄公十年，鲁国和齐国在长勺列兵打仗。齐国军队势头猛劲，首先进攻。曹刿劝鲁庄公避开齐军的强势劲头，只守不攻。于是，鲁军不迎战，只是用弓箭手放箭来阻挡齐军。齐军冲出去两次，没遇到对手，还冲不进鲁军阵营，气势慢慢消耗没了，鲁军趁此机会，擂鼓进攻，一举打败齐军。

这个历史故事告诉我们打仗要抓住最好的时机。后来这个成语的意思延伸为趁着劲头最足的时候把事情一口气做完，才能达到最好的效果。拖拖拉拉或者犹豫不决往往什么也做不成。

lǎo mǎ shí tú
老马识途

　　齐桓公（桓 huán）正和管仲算计着怎么去征伐楚国，燕国派使者来请救兵，说北边的山戎（róng）侵略进来，来势非常凶猛，燕国人已经打了几个败仗，眼瞅着老百姓都要给山戎杀害了，央告齐侯快点儿去救。管仲对齐桓公说："主公要征伐楚国，先得打退山戎。北方太平了，才能够专心对付南方的蛮族。"齐桓公就带领着大队人马去救燕国。

　　公元前 663 年，齐国的大队人马到了济水，鲁庄公来迎接他们。齐桓公把去征伐山戎的事告诉了他。鲁庄公说："您出来抵御北方的外族，不让他们侵略进来，不光是燕国，就是对我们鲁国也有好处。我愿意派一队人马跟着您去。"齐桓公正想建立武功，征伐山戎很有

韩非子

韩非子是战国时期的思想家，法家的代表人物，老马识途这个故事就是他最早记述的。韩非子是韩国的贵族，和秦国的李斯是同门师兄弟。

韩非子有口吃的毛病，但他很善于写文章，《孤愤》和《五蠹》都是他的名篇。秦王嬴政十分欣赏韩非子，就想找机会跟他交流。后来韩王派韩非子作为使者出使秦国，秦王特别高兴地接待了他。李斯就起了嫉妒之心。李斯帮秦王制订的吞并六国计划，第一步就是要灭掉韩国。他怕韩非子破坏他的大计，就跟秦王嬴政说了很多坏话，韩非子于是被捕，被迫服毒自杀了。

把握，就说："北方路远，道上又有危险，我不敢麻烦您。万一需要更多的人马，那时候我再请您帮忙。"鲁庄公就依了齐桓公的话。

齐国的大队人马到了燕国，山戎早已抢了一批壮丁、女子和无数值钱的东西逃回去了。管仲说："山戎没打就走，等到咱们一走，他们准又来抢掠。要安定北方，非打败山戎不行。"齐桓公就决定再向前进。燕庄公要带领着本国的人马作为前队。齐桓公说："贵国的人马刚跟敌人打了仗，已经辛苦了，还是放在后队吧。"燕庄公又对齐桓公说："离这儿八十里地，有个小国，叫无终国，跟我们有点儿交情。要是把他们请出来帮帮忙，咱们可就有了带道的了。"齐桓公立刻派人带了礼物去见无终国国君，无终国国君也真派了大将来助战。

齐国、燕国、无终国的人马打败了山戎。山戎的头儿密卢向北边跑去，抛下了马、牛、羊、大豆、帐篷等不少东西，都给中原的人拿回来了。他们又救出了不少从燕国掳去的壮丁和女子。山戎的老百姓投降了，齐桓公打算收服山戎，嘱咐将士们不许杀害他们。山戎人做梦也想不到会有这种宽待，简直感激得要哭出来了。齐桓公问他们："你们的头子逃到哪儿去了？"他们实话实说："到孤竹国借兵去了。"齐桓公和管仲决定再去征伐孤竹国，好叫中国的北方能有太平的日子。三国的人马就又往北前进。

中原的大队人马到了孤竹国附近，就碰见山戎的头儿密卢和孤竹国的大将黄花。他们俩各带着一队人马前来应战，但又打了一个败仗。齐桓公一瞧天也不早了，就安营扎寨，打算休息一夜，明天再去攻打孤竹国。到了头更天的时候，齐国的士兵带着孤竹国的大将黄花来见齐桓公。齐桓公一瞧他双手捧着一颗人头，就问他："你来干什么？"黄花跪在地上，奉上人头，说："我们的头子答里呵不听我良言相劝，非得帮助山戎不行。这会儿我们打了败仗，答里呵把老百姓都带走，还亲自到沙漠去请救兵。我就杀了山戎的头子密卢来投降，情愿在大王手底下当个小兵。您的人马去追赶答里呵，我可以带路，省得他回来报仇。"齐桓公和管仲把那颗人头仔细瞧了一阵子，又叫将士们认了认，真是密卢的脑袋。大概他们是窝里反了，齐桓公就把黄花留下。第二天，齐桓公和燕庄公跟着黄花进了孤竹国的都城，果然是一座空城。齐桓公叫燕庄公带着燕国人，守住孤竹国的都城，自己带着全部人马跟着黄花去追答里呵。

黄花在前头带道，中原的队伍在后头跟着，浩浩荡荡，一路走去。到了快掌灯的时候，他们到了一个地方，当地人把它叫"迷谷"，又叫"旱海"。那地方就跟大海一样，没边没沿，别说是在晚上，就是在大天白日，也分不出东西南北来。中原人哪儿到过这样的地方啊！大家伙儿全迷了道儿。齐桓公和管仲急得什么似的赶紧去问黄花。嗬！哪儿还有他的影儿？大伙儿才知道中了黄花的诡计。原来黄花杀了山戎的头子密卢，自己想做

头子倒是真的，投降中原可是假的。

　　他们冻了一夜，好容易盼到天亮，可是又有什么用呢？眼前还是黄澄澄的一片，道儿在哪儿呢？这块鬼地方连一滴水都没有。管仲猛然想出一个主意。狗、鸽子，还有蜜蜂，不管离家多远，向来不会迷路的。他就向齐桓公说："马也许能认得路。不如挑几匹无终国的老马，让它们在头里走，咱们在后头跟着，也许能走出这块地方。"齐桓公说："试试看吧。"他们就挑了几匹老马，让它们领路。这几匹老马居然真的领着大队人马走出了迷谷，回到原来的路上。大家伙儿这才松了一口气。

　　齐桓公的大队人马出了迷谷，走到半路，瞧见一批老百姓走着，好像搬家一样，就派几个人打扮成过路的

老百姓，问他们："你们这是干什么呢？"他们说："我们的大王打退了燕国的人马，现在叫我们回去。"齐桓公和管仲这才明白当初所瞧见的空城也是黄花和答里呵使的诡计。管仲就叫一部分士兵打扮成孤竹国老百姓，混进城去。到了半夜，混进城里的士兵放了一把火，从城里杀出来，城外的大军从外边打进去，直杀得敌人叫苦连天。黄花和答里呵全被杀了，孤竹国也就这么完了。

　　齐桓公对燕庄公说："山戎已经赶跑了，这一带五百多里的土地都是燕国的了，别再放弃。"燕庄公说："这哪儿行啊！托您的福，打退了山戎，救了燕国，我们已经感激不尽了。这块土地当然是属于贵国的了。"齐桓公说："齐国离这儿那么远，叫我怎么管得了哇？燕国是中国北边的屏障，管理这个地方是您的本分。您一方面向天王朝贡，一方面守着中国的北部，我也有光彩！"燕庄公不好再推，就谢了谢齐桓公。燕国一下子增加了五百多里的土地，变成了大国。

　　齐桓公领着大队人马动身回去，燕庄公当然亲自欢送。他非常感激齐桓公，真舍不得分开，送着送着，不知不觉地送到了齐国的长芦，出了燕国有五十多里地了。可是"送客千里，终须一别"。齐桓公跟燕庄公分手的时候，猛然想起来一件事。他说："依照朝廷的规

矩，诸侯送诸侯不能离开本国的地界。我怎么能叫您不守规矩呢？您就送到这儿为止，五十里齐国的土地全送给您！"燕庄公再三推辞，齐桓公一心要人家认他是诸侯的领袖，一定要他守规矩。燕庄公只好答应了。

老马识途

出自《韩非子·说林上》："管仲、隰朋从桓公伐孤竹，春往冬反，迷惑失道。管仲曰：'老马之智可用也。'乃放老马而随之，遂得道。"

老马能够凭借直觉认识自己走过的路，经验丰富的人做事情也是轻车熟路，妥帖周到。在生活中，虚心向有经验的前辈学习请教，能让人少走弯路。

qìng fù bù sǐ，lǔ nàn wèi yǐ

庆父不死，鲁难未已

　　鲁庄公有三个兄弟，分别是庆父、叔牙和季友。庆父和叔牙是姨太太生的，他们俩是一派，鲁庄公和他亲兄弟季友又是一派。

　　鲁庄公娶正夫人以前，就有了两个姨太太，一个叫党孟任，一个叫风氏。党孟任挺有见识，她怕国君未必真能爱她，因此鲁庄公私底下想娶她的时候，她不答应。可是她越不答应，鲁庄公越想娶她，低声下气地对她说："你要是答应了，我将来一定立你为夫人。"他还对天起过誓。党孟任怕他起誓当白玩儿，就把自个儿的胳膊咬出血来，叫他抹在他嘴上，算是对老天爷"歃血为盟"（歃 shà）。这一对有情人，你爱我怜地都满意了。过了也就一年吧，党孟任给他生了个儿子叫公子般。鲁庄

歃血为盟

春秋时期，诸侯们会为了一些大事而举行盟会。盟会上，大家把牲畜血抹在嘴角，向神明庄重起誓，这就是歃血为盟。向神明起誓在那个时候是一件再严肃不过的事情了，所以大家都会严格地遵守约定。春秋时期诸侯经常举行会盟仪式，在《左传》中有明确记载的盟会就有一百多次，算下来平均不到两年就有几个国家要歃血为盟一次。古时的歃血为盟一般是官方活动，一直到唐朝，这种仪式才渐渐出现在民间。

公打算立党孟任为夫人，公子般为太子。可是他母亲文姜不答应，一定要他跟齐襄公的女儿订婚，她说："齐是个大国，咱们要是亲上加亲，往后鲁国也有个依靠。"鲁庄公只好听他妈的话。他跟党孟任的盟约就算吹了。可是他那未婚妻还只是个怀抱里的小娃娃！真要打算娶她的话，还得再过十多年呢。在这空儿，党孟任虽说不是夫人，事实上也等于是夫人了。

鲁庄公有了党孟任和风氏，已经生了公子般和公子申以后，才依从了母亲文姜的嘱咐，正式娶齐襄公的女

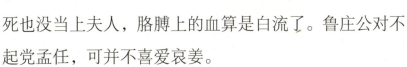

儿做夫人，就是以后叫哀姜的，她的妹妹叔姜也跟着陪嫁过来。就在那时候，党孟任病了，没有多少日子就死了。党孟任一直到死也没当上夫人，胳膊上的血算是白流了。鲁庄公对不起党孟任，可并不喜爱哀姜。

这么着，鲁庄公有四个媳妇儿，三个儿子。四个媳妇儿是：党孟任、风氏、夫人哀姜和叔姜。三个儿子是：公子般、公子申和公子开。夫人哀姜没生过儿子，她虽然得不到丈夫的欢心，可是另有爱她的人。这位情人长得甭提多漂亮，学问甭提多好，比鲁庄公可强得多了。他不是外人，正是鲁庄公的异母兄弟公子庆父。公子庆父不但跟哀姜挺热乎，还拉上了公子叔牙，三个人成为一党，打算鲁庄公死了以后，一个做国君，一个做夫人，一个做相国。

公子般有个马夫叫荦（luò）。有一天，马夫荦鼻青脸肿、一瘸一拐地来见庆父，说公子般打了他，求他做主。庆父问他："他为什么打你呀？"马夫荦半吞半吐地说出来了。原来马夫荦跟公子般的未婚妻调情，给公子般撞上了。公子般打了他三百鞭子，打得马夫荦身上一块儿好肉都没有。公子庆父就把他收留下来，叫人给他上了药，又好言好语地安慰了他。马夫荦是个大力士，要用他，干吗在这件事上认真呢？要不然的话，也用不着打他三百鞭子。拉出去一刀砍了，不是更干脆吗？打这儿，庆父断定公子般不够忠厚，也不够狠，就没把他放在眼里。

到了公元前 662 年，鲁庄公得了重病。他打算听听兄弟季友的意思，就偷偷地对他说："叔牙对我说，庆父很有才能，劝我立他为国君，你瞧怎么样？"季友摇了摇头，说："您本来跟党孟任立过盟约，承诺立她为夫人。这事根本就没办到，您已经对不起她了。怎么还要再委屈她的儿子呢？庆父跟叔牙只贪图自己的好处，不顾大局！我只能一心一意地辅助公子般。您也别着急，好好地养病吧！"鲁庄公点点头，话就说不上来了。季友一瞧他活不了啦，又怕叔牙闹出事来，就出来口头传出国君的命令，打发人把叔牙扣起来，又送药酒给他，对他说："你喝了，还能给子孙留个余地，要不然，也许全家都得灭了。"叔牙为了要立庆父，就这么被季友给药死了。那天晚上，鲁庄公死了。季友立公子般为国君。

那年冬天公子般的外祖父党氏死了。在办丧事期间，公子般住在党氏家里。庆父就叫马夫荦半夜里去刺杀公子般。天刚亮，马夫荦一直奔进他睡的屋子。公子般吓了一大跳，问他："你来干吗？"马夫荦说："上回你打了我三百鞭子，这回来跟你算算账！"一边说着，一边就拿刺刀刺过去。公子般连忙拿起床头上的宝剑，劈了过去，把马夫荦的脑袋劈下了一块。可是那把刺刀也已经刺进了公子般的胸口。两个人一块儿完了。吓得公子般手下的人跌跌撞撞地找季友去了。

　　季友一听到公子般给人害了，就知道是庆父干的。他自己没有力量，只好逃到别的地方去了。庆父假装替公子般报仇，把马夫荦全家的人都杀了。哀姜就打算立庆父为国君。庆父说："别忙！还有公子申和公子开呢。得先叫他们上了台，才看不出破绽来。可是公子申岁数不小了，怕不听咱们的话，还是立公子开吧！"八岁的小孩儿公子开做了国君，就是鲁闵公（闵 mǐn）。

　　您别瞧鲁闵公岁数小，可真够聪明的。他知道哀姜跟庆父不是玩意儿，季友可是正人君子。他请他舅舅齐桓公（桓 huán）帮忙，齐桓公就帮着季友回到鲁国去做相国。公子申也挺顾全大局，同鲁闵公跟季友联手，庆父和哀姜干瞧着不敢下手。

到了鲁闵公二年，庆父和哀姜可沉不住气了，暗地里派人刺死鲁闵公。季友听说鲁闵公被刺，连夜叫醒公子申，一块儿跑了。鲁国人向来是恨庆父，佩服季友的，一听到鲁闵公被害，季友带着鲁庄公唯一活着的儿子公子申逃到别国去了，大伙儿都起来跟庆父拼命，全国罢市。庆父一瞧惹起了公愤，怕吃眼前亏，赶快逃到莒国（莒jǔ）去了。夫人哀姜坐立不安，跑到邾国（邾zhū）去了。他们俩一跑，季友就带着公子申回来，还请齐桓公来定君位。齐桓公打发大臣到鲁国去，和季友共同立公子申为国君，就是鲁僖公（僖xī）。

鲁僖公听了季友的话，赶快派人带了礼物到莒国去，请莒君代他惩办庆父。庆父逃到汶水（汶wèn），在那儿碰见了公子奚斯，求他去向季友说说，饶了他这条命。奚斯走了以后，庆父天天等着信儿。这会儿他可到了山穷水尽的田地，只指望季友让他当个老百姓，就知足了。过了几天，他听见门外有哭声。仔细一听，原来是奚斯的声音。庆父叹了一声，说："他哭得这么难受，不来见我，我还有什么指望呢？"就自杀了。哀姜看到事情闹到这步田地，就是再活下去，也没有什么劲儿了，就上吊死了。

鲁国全仗着季友料理，把庆父一党灭了。鲁僖公封

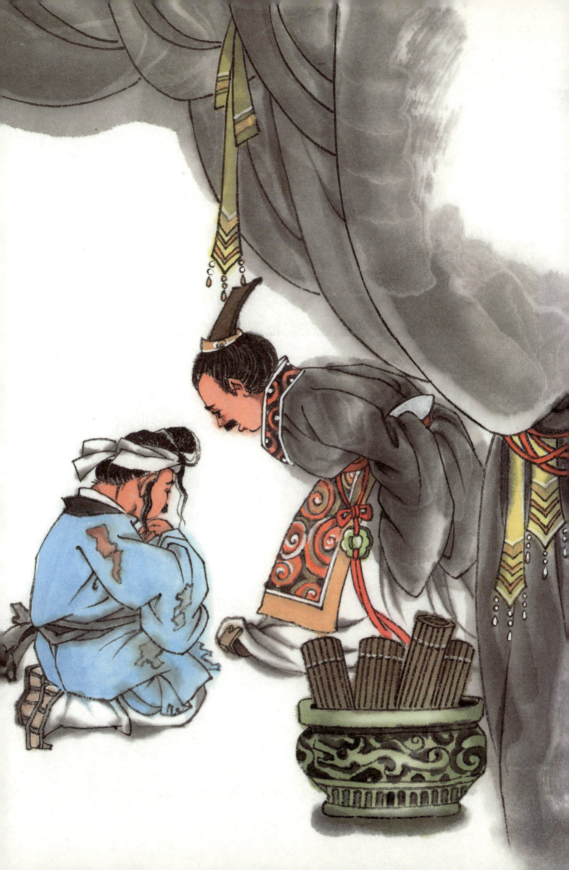

给他一座城，季友说："我跟庆父、叔牙，全是先君桓公的儿子。为了国家，我逼死了他们哥儿俩。现在他们还没有继承的人，我倒享受富贵，怎么对得起桓公呢？再说他们两个人全是自尽的，这跟国君定他们的罪，治死他们不一样。我想还是封他们的后代，叫老百姓知道主公不忘祖宗。"鲁僖公就立公孙敖继承庆父，称为孟孙氏；立公孙兹继承叔牙，称为叔孙氏；季友一家叫季孙氏。这三家——孟孙氏、叔孙氏、季孙氏——因为全是鲁桓公的子孙，所以叫"三桓"。三桓一块儿统治鲁国，势力一天比一天大，鲁国的国君反倒没了势力。

庆父不死，鲁难未已

出自《左传·闵公元年》："仲孙归曰：'不去庆父，鲁难未已。'"

难，灾难；未已，没有完。鲁闵公元年的冬天，齐国的大夫仲孙湫奉命到鲁国慰问。回到齐国后齐王问鲁国内政怎么样，仲孙湫说："如果不除去庆父，鲁国的灾难不会结束。"果然，庆父接连杀掉鲁国两任君主，使鲁国动荡不安。

后来这句话的意思就引申为要想让灾难停止，就必须抓住导致祸乱的罪魁祸首。

chún wáng chǐ hán
唇亡齿寒

　　百里奚（xī）是虞国人（虞 yú），三十多岁才娶了个媳妇儿杜氏，生个儿子叫孟明视（姓百里，名视，字孟明）。两口子恩恩爱爱，就是家里贫寒。他打算出去找点儿事做，可又舍不得媳妇儿和孩子。有一天，杜氏对他说："大丈夫志在四方，怎么能老待在家里呢？你现在年富力强，不出去做事，难道等到老了才出去吗？家里的事你放心，我也有一双手呢！"百里奚听了他媳妇儿的话，决定第二天就出门。当天晚上，两口子聊了大半夜。第二天杜氏预备些酒菜，替男人送行。家里还有一只老母鸡，杜氏把它宰了。可是灶底下连劈柴也没有，杜氏就把破门的门闩（shuān）当柴火烧。又煮了些小米饭，熬点儿白菜，叫他阔阔气气地吃了一顿饱饭。

他临走的时候，杜氏抱着小孩儿，拉住男人的袖子，眼泪是再也忍不住了，就抽抽搭搭地说："你要是富贵了，千万别忘了我们娘儿俩。"百里奚也眼泪汪汪地劝了她一番。他离开家乡，到了齐国，想去求见齐襄公，可是没有人给他引见，只好流落他乡，过着困苦的日子。后来他什么都没有了，又害了病，只好要饭过日子。等到他到了宋国，已经四十多岁了。在那边他碰见个隐士叫蹇叔（蹇 jiǎn）。两个人一聊，挺对劲儿，就成了知己朋友。可是蹇叔也不是有钱人，百里奚不能跟着他过活，只好在乡下给人家看牛。

后来这两个好朋友跑了好几个地方，想找一条出路，可是怎么也找不到个适当的主人。蹇叔说："大丈夫宁可没有事干，也不能投错了主人，失了节操。要是投靠个坏主人，半途而废，这就是不忠；跟着他一块儿受罪，又是不智。做不成大事，落个不忠不智的名儿，何苦呢？还是回去吧！"百里奚想着他的媳妇儿，打算回到虞国去。蹇叔说："也好，虞国的大夫宫之奇是我的朋友。我也想瞧瞧他去。"他们俩就到了虞国。蹇叔去看他朋友，百里奚去瞧他媳妇儿。百里奚找到了以前的住处。可是他的媳妇儿和孩子哪儿去了呢？问问街坊四邻，全说不知道。也许改嫁了，也许死了。百里奚好像丢了魂

五羖大夫

百里奚出身平民，家境贫寒，春秋时有一些国家尊卑等级森严，平民是没有办法做官的，他的妻子杜氏鼓励、支持他周游列国去寻找机遇。后来他终于在虞国做了官，但不久虞国被晋国灭掉，百里奚当了俘虏。正赶上晋国的公主出嫁秦穆公，晋国人就把他充作陪嫁的奴隶，百里奚可不乐意当奴隶，半路上逃跑了。他逃到楚国的边境，又被楚国的边防军俘虏了，楚成王就安排他去放牛。

秦穆公听说了百里奚的才能，就派人和楚成王说："我夫人陪嫁的奴隶跑到了楚国，我想用五张公羊皮换百里奚。"百里奚到了秦国就做了大官，成了有名的贤臣，因为是用五张公羊皮换回来的，所以也被称作"五羖大夫"。

百里奚有一次在家里宴客，听到堂下有人唱："百里奚，五羊皮。忆别时，烹伏雌，炊扊扅，今日富贵忘我为。"原来是失散的妻子杜氏为了找百里奚，到他家做了佣人。一家人终于团聚，百里奚的儿子孟明视后来也成了秦国的大将。

似的在门口愣了半天，想起他媳妇儿劈门闩、炖母鸡的情形，不由得直掉眼泪。他去瞧蹇叔。蹇叔带着他去见大夫宫之奇。宫之奇请他们留在虞国，还说他一定引他们去见虞君。蹇叔摇了摇头，说："虞君爱贪小便宜，不像个大人物。"百里奚说："我已经奔忙了这么些年了，就留在这儿吧。"蹇叔叹了一口气，说："这也难怪你，不过我还是回去。以后您要想瞧瞧我，就上鸣鹿村好了。"打这儿起，百里奚跟着宫之奇在虞国做大夫。哪儿知道果然不出蹇叔所料，虞君为了贪小便宜，连国也亡了。

公元前 655 年，晋献公派大夫荀息（荀 xún）到了虞国，送上一匹千里马和一对最名贵的玉璧，说："虢国（虢 guó）老侵犯我们，我们打算跟他们打一仗。贵国可不可以借一条道儿让我们过去？"虞公只顾着玩玉璧，一会儿又瞧瞧千里马，说："可以，可以！"宫之奇拦住他，说："不行，不行！虢国跟我们贴得那么近，好像嘴唇跟牙齿一样。俗语说'唇亡齿寒'，就因两个小国相帮相助，还不至于给人家灭了，万一虢国给人家灭了，虞国一定也保不住。"虞公说："人家晋国送来这无价之宝跟咱们交好，难道咱们连一条道儿也不准人家走走？再说晋国比虢国强上十倍，就算失了一个小国，可是交上了一个大国，这不好吗？"宫之奇还想

再说几句，倒给百里奚拉住了。宫之奇退了出来，对百里奚说："你不帮我说话也就罢了，怎么还拦着我呢？"百里奚说："跟糊涂人说好话就好像把珍珠扔在道儿上。"宫之奇知道虞国一定灭亡，就偷偷地带着家小跑了。

晋献公派大将里克带领大军经过虞国灭了虢国。回头一顺手把虞国也灭了，取回了千里马和玉璧。虞公和百里奚都做了俘虏。虞公后悔万分，对百里奚说："当

初你为什么不拦拦我呢？"百里奚说："宫之奇说的您都不听，难道您能听我的？那时候我不说什么，就为的是今天可以跟着您哪！"

晋献公给虞公一所房子，另外送他一部车马和一对玉璧给他玩玩，说："我可不能白白地借你的道儿。"

唇亡齿寒

出自《左传·僖公五年》："虢，虞之表也，虢亡，虞必从之。……谚所谓'辅车相依，唇亡齿寒'者，其虞虢之谓也。"

春秋的时候，虢国和虞国相邻，晋国想要进攻虞国，必须经过虢国。虢国如果灭亡了，虞国也会跟着灭亡。谚语说的"面颊与牙床骨相互依存，嘴唇没有了，牙齿就会感到寒冷"，说的就是虢国和虞国的这种关系。

现在这个成语被用来形容两者之间有紧密的利益关系，一损俱损，一荣俱荣。多指两个国家。

易牙烹子
yì yá pēng zǐ

　　齐桓公（桓 huán）本来是个很能干的人，不但把齐国治理得挺不错，还能帮助别的诸侯。可是他娶了十几个太太，生了十几个儿子。公子中比较有势力的有五个，他们都不是"一奶同胞"，没有一个是齐桓公的正夫人生的。每个公子的母亲都要求丈夫立她的儿子为太子，老头子也就糊里糊涂地瞎敷衍着。不过在这许多太太当中，卫姬伺候他最长久，再说她的儿子无亏是长子，齐桓公就答应卫姬立无亏为太子。他跟管仲提到这件事，说："论岁数，无亏最大，论能力，昭儿最强。"管仲说："既然全不是正夫人生的，不妨把君位传给最有才能的一位。要打算保住霸业，更非得有个贤明的国君不可。"公子昭就这么做了太子。可是齐桓公最心爱的三个臣下，叫作竖刁、易牙、开方的，都不向着公子昭。竖刁和易牙帮着长子无亏，开方和公子潘交好，公子元和公子商连成一党。"清官难断家务事"，连管仲也没法办。他临死的时候，就劝过齐桓公别跟竖刁、易牙、开方这三个人接近，省得他们扰乱齐国。

齐桓公可真喜爱他们三个人，还在管仲面前替他们辩护，说："先说易牙吧，他听见我说了一句'可不知道人肉是什么滋味儿'，就把自己的孩子杀了，

煮了给我吃。他这样爱我不是胜过于爱自己的骨肉吗？
竖刁为了要伺候我，自愿地受了宫刑。他爱
我不是胜过于爱他自己的身子吗？卫公子开
方（卫懿公的儿子，懿 yì）连太子的地位也
不要，来伺候我，父母
死了也不回去。他爱我
不是胜过于爱他自己的
父母吗？他们这份
忠心可真难得。你

怎么叫我不理他们呢？"管仲说："爱儿子、爱身子、爱父母都是天性。他们连自己的骨肉也忍心杀害，自己的身子也不爱惜，自己的父母也不尊敬，还能爱别人吗？他们亲近主公是另有贪图的。请主公听我最后一句话，这种人万万亲近不得！"

管仲死了以后，隰朋（隰 xí）、鲍叔牙也都接连着死了。齐桓公是个能人，可是全仗着管仲做他的助手，发挥了他的长处，干了一番事业。等到管仲一死，好像短了一只胳膊。再说他又上了年纪，就慢慢地懒起来了，

厨师的祖师爷

春秋时，人们做菜只会用水煮，也不太会调味。易牙是第一个用水、盐和火候调味的厨师，他也是第一个开餐馆的厨师，人们就把易牙看作是厨师的祖师爷。这也是易牙的另一面。

据说，易牙发明了鱼腹藏羊肉，到现在还是一道山东名菜，有人认为汉字的"鲜"就是由这道菜而来；易牙发现削山芋皮的时候皮肤会痒痒，但只要削之前咬一口就不会痒了；易牙还是第一个发明"食疗"的人，他用这种方法治好了齐桓公夫人卫姬的病。

把国家大事全交给了竖刁、易牙、开方三个人去瞧着办，自己就好像躺在火炉旁边的老猫似的伸伸懒腰，打打哈欠，迷迷糊糊地连叫也懒得叫一声了。

公元前 643 年，七十三岁的霸主齐桓公害了重病。竖刁、易牙、公子无亏、卫姬这一批人抓住时机，派武士把守宫门，就说国君要清静，不许任何人进宫问安。过了三天，竖刁、易牙把伺候病人的底下人，不论男女，一概轰走。卧室的四周完全关严实了，就留着一个很大的"狗洞"。每到夜里派个小丫头钻进去探听探听生死信儿。平时不许有人出入，就让齐桓公一个人躺着。齐桓公叫这个喊那个，没有人答应。这时候他跟外边完全隔离了。他只好瞧着"狗洞"，他的指望全在这儿了。正在这时，打"狗洞"里钻进一个宫女来。齐桓公一愣，问她："你是谁？"她说："我是主公的小丫头晏蛾！（晏 yàn）"齐桓公睁开眼睛仔细一瞧，说："哦！原来是你。我肚子饿得慌，你去给我弄点儿稀粥来。"晏蛾说："哪儿有稀粥哇！"齐桓公说："热水也行，我正渴着呢！"她说："没法儿拿来。"齐桓公说："为什么？"她说："竖刁、易牙造反，叫武士们把守宫门，内外不通信儿。我冒充探听主公生死的人，才混了进来。"齐桓公说："公子昭在哪儿呢？"晏蛾说："给他们挡在外头，不

057

许进宫。"齐桓公叹着气，还哭着，气喘喘地瞧着晏蛾。晏蛾说："主公有什么话尽管说吧！"他挣扎着说："晏蛾……你……你……能不能通知公子昭，叫他赶快逃到宋国去。"晏蛾明明知道办不到，可是为了安慰病人，就显出挺有把握似的口气，说："好吧，您放心，休养要紧！"齐桓公用袖子挡住自己的脸，只能唉声叹气。晏蛾一只手托住他的脖子，一只手揉着他的心口，直到齐桓公睡熟了。晏蛾刚想把他放下去，才知道他已经没有气儿了。

她赶快钻出"狗洞"，往外一跑，不料迎头撞见了竖刁。她避也没法儿避，就跑上一步，禀告说："他死了！"竖刁哼了一声，说："知道了，去吧！"竖刁跟易牙商量，先不把消息传出去。他们只通知卫姬，一面立公子无亏为国君，一面发兵去包围东宫，捉拿公子昭。万没想到公子昭早已得到了信儿，逃走了。另一面，公子元、公子潘、公子商人跟着开方，带领着自己的家丁攻打竖刁、易牙和公子无亏。四个"孝子"只顾争夺君位，害得老头子的尸首搁了六十七天，还没落棺材。尸体一烂，那些大尾巴蛆爬到宫门外，那股子臭味就别提了。齐国两个挺有势力的大臣说："立长子为国君是名正言顺的。"他们就请出公子无亏做了丧主，先办丧事。

其他三个公子一瞧齐国最有势力的两个大臣出来主持，倒也不敢相争，大家散了武士，穿了孝服，共同跟着公子无亏办了丧事。一场内乱满想打这儿就算消停了，没想到公子昭跑到宋国，请宋襄公做主。宋襄公一来受了齐桓公和管仲的托付，二来他也想趁着这个机会去联络诸侯，扩张势力，接着齐桓公做个霸主，就答应了公子昭，准备会合诸侯立公子昭为齐国的国君。

宋襄公通知诸侯，请他们共同护送公子昭到齐国去即君位。诸侯当中，有的主张多一事不如少一事，就让公子无亏做下去吧；有的不敢得罪宋国，开一次大会也无所谓。可是大多数把宋国的通知搁在一边。到了开会的日子，只有卫、曹、邾（zhū）三个小国带了点儿兵车来了。宋襄公就带领着四国的兵车打到齐国去。齐国那些大臣当初立公子无亏，说他是长子，现在一瞧四国的兵马打来了，就改口说公子昭本来是太子。他们杀了公子无亏和竖刁，轰走了易牙，投降了宋国，迎接公子昭即位，就是齐孝公。

易牙烹子

　　易牙烹子是历史上一个有名的典故，最早记载在《管子·小称》里。

　　易牙是齐桓公的御用厨师，有一次，齐桓公半开玩笑地说："山珍海味我都吃腻了，就是没吃过蒸婴儿。"没想到，易牙杀了自己的儿子蒸给齐桓公吃。易牙用这种极端献媚的方式获得了齐桓公的宠信成为重臣。管仲临终前，告诫齐桓公要对这种不顾血亲、毫无人性的人保持警惕，不可重用。齐桓公没有听从管仲的劝告，一代枭雄居然被以易牙为首的叛臣活活饿死了。

　　这个故事告诫人们要对违背人性本能，不顾道德底线的行为保持警惕之心。

衣裳之会

　　宋襄公要会合诸侯，继承齐桓公的事业做霸主。他又怕大国不理他，给他来个"干搁车"，就先约了曹、邾（zhū）、滕、鄫（zēng）四个小国，打算开个会议。到了开会的日子，曹国和邾国的国君准时到了，滕侯婴齐来晚了一步，鄫子干脆就没露面。宋襄公觉得这些小国太可恶了，做了小国还不好好地听大国的话，简直是不懂世故人情。俗语说得好，"棒头出孝子"，要是不给他们点儿厉害瞧瞧，还像个霸主吗？宋襄公就问滕侯婴齐为什么迟到。滕侯婴齐吓得直打哆嗦，低声下气地直赔不是。宋襄公一瞧他这份小心听话，本来也可以饶了他。可是理是理，法是法，霸主不能失了威风。他就把滕侯婴齐关起来，不准他会盟。鄫子得到了这个消息，吓得连夜动身赶来，可是已经晚了三天。宋襄公大怒，一个劲儿地骂着说："我刚提出会盟，小小的鄫国竟敢迟到三天，要是没个办法，还行吗？"公子目夷（字子鱼，宋国的相国，宋襄公的庶兄）竭力拦住他。可是宋襄公有他自己的主意。他杀了鄫子，当作祭品，祭祀睢水（睢 suī）。别的诸侯要祭祀，只能用牛、马、羊什么的做祭品，宋襄公可用了活人，并且还是一个国君，他重视鬼神真可以说到了家了。

宋襄公杀了鄫子，威风可大了。押在扣留所里的滕侯婴齐千方百计地托人向宋襄公求情，又送了他一份很厚的礼，宋襄公才把他放了。

就因为宋襄公杀了鄫子，押了滕侯，在场的曹共公大为不平，不到"歃血为盟"的日子，

他就偷偷地回去了。这可把宋襄公气坏了，光是会合四个小国，已经弄得"按下葫芦起来瓢"，怎么还能号令大国呢？宋襄公自作聪明，他想先请出一个大国来，再靠着它去收取小国。你没瞧见过看羊的吗？只要拉着一只头羊，凭你到什么地方去，小羊总会跟着走的。要一个个地去收取小国，那可太麻烦了，还是去联络大国吧！那时候楚成王已经会合了齐、鲁、陈、蔡、郑等国，订立了盟约，再叫宋襄公去联络哪一个大国呢？他摇头晃脑地想了一会儿，忽然灵机一动，自言自语地说："行了！把楚国当作'头羊'就是了！"他把这个主意告诉了大臣们，公子目夷自然反对，宋襄公干脆没理他。

宋襄公打发使臣带了礼物去见楚成王，请他到宋国的鹿上来跟齐国、宋国先开个三国会议，商量会合各国诸侯的办法。"头羊"居然答应了。

齐孝公昭先和宋襄公相见。齐孝公是由宋襄公帮忙才做了国君的，当然忘不了他的大恩，对他特别恭敬。可是一瞧这位恩人的神气劲儿，齐孝公心里不免有点儿难受。过了几天，楚成王也到了。三位国君挨排坐下。宋是公爵，第一位；齐是侯爵，第二位；楚是子爵，第三位。

宋襄公拱了拱手，说："我打算会合诸侯，共同扶

助王室。恐怕人心不齐，意见不一，所以想借助二位之力，大家伙儿会合诸侯，到敝国盂地开个大会，日期就定在七月里吧！"说着，又请齐、楚两位国君说话。齐孝公和楚成王让来让去，全不说话。宋襄公就说："请二位在通告上都签个字吧！"说完，就把预备好了的通告递给楚成王。楚成王拿来一瞧，上头说明会盟的大道理，外带着还说明要学齐桓公的办法，开的是"衣裳之会"，下边还签着宋公的名字。楚成王说："您签了字够了，就这么发出去吧。"宋襄公说："陈国、许国、蔡国都在你们二位手下，所以要借助你们。"楚成王说："那么请齐侯先签吧！"齐孝公因为宋襄公先把那通告递给楚成王，心里已经不高兴了，现在再由楚成王让给他，他就跟斗气似的说："敝国就像宋公手下的人一样，没有什么要紧。贵国不签字，事情就不好办。"楚成王微微一笑，签了字，交给齐孝公。齐孝公说："有了楚国签字就成了。"宋襄公把齐孝公的冷言冷语当作实话，就把通告收了起来，请他们下半年早点儿来。

到了秋天，宋襄公驾着车马到盂地去开大会。公子目夷说："楚是蛮族，向来不讲信义。万一楚子是个披着羊皮的狼，那可怎么办？主公总得带点儿人马去，我才放心。"宋襄公翻了他一个白眼，说："什么话？约好了'衣裳之会'，怎么可以自己失了信？"公子目夷只好空身跟着他去。

他们到了会场，就瞧见楚、郑、陈、蔡、曹、许等国全都到了，只有齐孝公和鲁僖公（僖 xī）还没露面。齐孝公是怨恨宋襄公，鲁僖公是不愿意和"蛮子"打交道。宋襄公一瞧跟着楚成王的全是文臣，没有一个武将，就教训公子目夷，说："你瞧瞧！下回可别再拿小人的心思去瞎猜君子的好心眼儿了。"

七国的诸侯准时开会。宋襄公做了临时主席，拱了拱手，致开会辞，说："今天诸君到敝国来开会，我们非常荣幸。我们想延续齐桓公的办法，大家共同扶助王室，帮助弱小的和有困难的诸侯。大家伙儿订立盟约，不准互相攻打，天下才可太平。不知道诸位意下如何？"楚成王站起来，说："很好，很好。可不知道谁是盟主？"宋襄公心里一急，一时说不出话来。他心里想说："盟主就是我呀！不是我请你们来推举的吗？"可是这话没法儿说出口。他想起宋国是公爵（第一等诸侯），再说自己有平定齐国内乱的功劳，就说："这个用不着说，不是看爵位的高低，就看功劳的大小。"楚成王说："宋是公爵，第一等诸侯，可是我已经做了多少年的王了。王总比公高一等吧！"他就跑过去，一屁股坐在第一个座位上，气得宋襄公暴跳起来。公子目夷拉了一下他的袖子，叫他沉住气。他可沉不住了，他费了多么大的劲儿，霸主已经快弄到手了，怎么能让给别人呢？他挺起胸脯，说："我是正式的公爵，你是自称为王，这头衔

周朝的爵位

周朝建立之初，周武王把天下分封给王族、功臣，前后建立了一百多个诸侯国。这些诸侯被周天子按照功劳大小、血缘亲疏依次分封为公、侯、伯、子、男五个爵位，公爵最高，男爵最低。如果低等爵位的国君没有治理好自己的国家，高等爵位的国君是有权力代替周天子去征伐他的。

被封为"公爵"的国家很少，但是诸侯们在自己的国家里或是死去后都可以被称为"公"，这时"公"是尊称而不是爵位。按照规矩，只有周天子可以被称为"王"，但春秋时期王室势力衰弱，地处边缘，一向被中原文化排斥但实力强大的楚国就觉得自己是老大，于是开始自立为"王"，但事实上楚国的爵位是子爵，其王位是不被周天子认可的。

是假的。"楚成王变了脸，说："既然知道我这楚王是假的，你请我这假王来干什么！"楚国的大夫成得臣大声地说："今天开会，您问问众位诸侯，是为着楚国来的呀，还是为着宋国来的？"陈国和蔡国的国君向来害怕楚王，一齐说："楚国！楚国！"楚王听了，哈哈大笑，指着宋襄公，说："听见了没有？你还有什么话可说？"宋襄公当众受了欺负，气呼呼地还想争论，就瞧见成得臣和楚国大将斗勃脱了外衣，里头全是亮堂堂的铠甲。他们从腰里拔出两面小红旗，向台底下一摇晃，就瞧见一批楚国的"文官"，立刻剥去外衣，一个个全变成了武士，扑上台来。台上的诸侯吓得直打哆嗦，好像耗子见了猫似的。楚国人一窝蜂似的把这位"霸主"宋襄公拖了去，公子目夷趁着这个乱劲儿，一溜烟儿跑了。

公子目夷回到都城睢阳，和大司马公孙固商量怎么去抵御楚国人。公孙固说："请公子先即位，才能号令全国，安定人心。"大臣们向来佩服公子目夷，就立他为国君。公子目夷也不推辞。他们两个人计划停当，赶紧派兵把守睢阳城（睢 suī）。没待多大一会儿，楚国的大军到了城下。大将斗勃大声对宋国人说："你们的国君在我们手里呢！杀他、放他全瞧我们的了。赶快投降，还能保住他的命！"公孙固站在城楼上，说："我们已经有了新君了，那位旧君就送给你们吧！要我们投降，你可别想了！"楚成王就下令攻城。可是城上的箭和石头就像暴雨夹着雹子似的打下来，打伤了不少楚国的士兵。楚国人一连打了三天，睢阳城还是打不下来。楚成王没有主意了。他说："宋国人不要旧君，把他杀了吧！"成得臣说："大王曾经说过宋公不该杀害鄫子，要是大王杀了他，不是跟他学吗？再说，宋国已经有了新君，那么杀一个宋公，就像杀一个普通的俘虏一样。还是放了他吧。"楚成王说："打不下他们的城，还放了他们的国君，这太不像话了。"成得臣觉得随随便便地把宋公放了也不好，就说："办法倒有一个。这回开会，齐国和鲁国没来。齐国跟咱们多少有点儿来往，齐侯也挺尊敬咱们。只有鲁国向来瞧不起咱们。咱们不妨用软中带硬的手腕，请鲁侯来开会。比如说咱们从宋国那儿得来的东西，送一部分给他，请他来处治宋公。国书上还得写些咱们尊重鲁侯的话。他一定会替宋公求情。咱们做个人情，就把鲁国拉过来了。这么着，中原的大国都归附了楚国，大王就是霸主了。"楚成王连连点头，就这么办了。

鲁僖公果然赶来了，先和中原的诸侯见了面，和大家谈了一会儿。郑文公曾经受过天王的嘱咐去归附楚国，就提议请楚成王做盟主。别的诸侯心里不乐意，嘴里可说不出来。鲁僖公开口说："做盟主必须注重道义，才能够叫人佩服。现在楚国凭着武力，拿住了宋公，谁能服呢？要是他们立刻放了宋公，大家订立盟约，我也就没有话说了。"大家伙儿全赞成鲁僖公的主张，向楚成王替宋襄公求情。楚成王就"顺水推舟"地让宋襄公去跟诸侯们相见。宋襄公受了一肚子的委屈，眼泪往肚子里咽，脸上还得装着乐，谢过他们，跟他们订了盟约。楚成王和诸侯们才各自散了。

宋襄公放了出来，命是保住了。可是他听说公子目夷已经做了国君，就觉得不好再回睢阳去，还不如跑到别国去呢。他哪儿知道公子目夷是为了救他的命才那么办的。宋襄公正在纳闷儿，公子目夷已经派人来接他了。他又是欢喜，又是害臊，好像败子回家似的回到睢阳，重新做了国君。

衣裳之会

出自《谷梁传·庄公二十七年》："衣裳之会十有一，未尝有歃血之盟也，信厚也。"

春秋时期诸侯们经常举行盟会，盟会是大家为了某一件大事，约定好时间和地点相聚在一起，约法三章并告知神明的重大仪式。在盟会上如果诸侯们约定好不带武器，不带兵马，那就叫作"衣裳之会"。这种盟会一般都是以和好为目的的友好集会，毫不武装可以展现双方的友好态度和重归于好的诚意。如果诸侯们带着兵马武器来参加会议，那就叫作"兵车之会"。

sòng   xiāng   zhī   rén
宋襄之仁

　　公元前 638 年，宋襄公要带着公子目夷和大司马公孙固去征伐郑国。满朝文武全不同意。宋襄公生了气，说："大司马也不去？好，那我就一个人去吧！"他们只得依了他。郑文公急忙打发使臣向楚国求救。楚成王派成得臣和斗勃带领着大队人马直接去打宋国，急得宋襄公连忙赶回来。大军到了泓水（泓 hóng），楚国人已经在对岸了。公孙固对宋襄公说："楚国的兵马到了这儿，是因为咱们去打郑国。现在咱们回来了，还可以跟楚国讲和，何必跟他们闹翻脸呢？再说，咱们的兵力也比不上楚国，怎么能跟他们打呀！"宋襄公说："怕他什么，楚国兵力有余，仁义不足，咱们兵力不足，仁义可是有余呀！兵力怎么能抵得住仁义呢！"他一心要做霸主，上回被楚国人开了个玩笑，受了一肚子的气。宋国的兵力既然不是楚国的对手，他就想出一个打胜仗的法子来，那就是用"仁义"去打倒"武力"。可是"仁义"是个摸不着边的玩意儿，总得做出点儿东西来，人家才能够瞧得见。宋襄公可有这种聪明劲儿。他用一个极简单的法子把那摸不着边的想头做成了一个符号。他做了一面大旗，上面绣着"仁义"两个大字。在宋襄公心里，好像有了法宝就能降妖。万没想到那批妖魔鬼怪不但没给吓跑，反倒从泓水那边渡到这边来了。

公子目夷瞧着楚国人忙着过河，就对宋襄公说："楚国人白天渡河，明摆着料到咱们不敢去打他们，咱们趁着他们还没渡完的时候，迎头打过去，一定能够打个胜仗。"宋襄公一想，这是一种考验，考验他能不能坚持信念。他早明白武力是武力，仁义是仁义。既然要用仁义去打败武力，就不该取巧。要是他取了巧，他的信念可就破了，仁义的法宝也不灵了。他指着大旗上的"仁义"两个大字，说："哪儿有这理呀？敌人正在过河的时候就打过去，还算得上讲仁义的军队吗？"公子目夷对那个符号可不感兴趣，一瞧楚国人过来，乱哄哄地正排着队伍，心里急得什么似的，又对宋襄公说："这会儿可别再待着了，趁他们还没排好队伍，咱们赶紧打过去，还能够抵挡一

073

阵。"宋襄公骂他，说："呸！你这个不懂道义的家伙！别人家队伍还没排好，怎么可以打呢！"

春秋时期的战争规矩

春秋时期有比较严格的等级制度，平民是不可以上战场的，打仗的都是贵族，最低等的贵族子弟在军队里负责做饭，被称为"士"，所以有"士兵"之称。由于参战的都是贵族，所以春秋时的战场上很讲究礼仪、规矩。发起战争要师出有名，要用比较谦恭的措辞写一封战书，派使者送给对方，对方再派使者去说一声"知道了"，双方就可以约好时间、地点、人数开战了。打仗的时候要等双方都准备好、列好队伍才能击鼓开战，即使有一方没有吃饭，另一方也要原地等待。对战时要严格地按照一对一来打，要是对手受伤了，就原地观战等对手回营包扎好再交战。打败了逃跑的时候，跑出五十步后，对手就不会再追击，所以为什么会有"五十步笑百步"的典故呢？因为只需要跑出五十步就安全了，没有必要跑出一百步。在当时，只有守规矩的战争才是合乎"礼"和"义"的。

楚国的兵马排好了队伍，就像大水冲塌了堤坝似的涌过来。宋国讲"仁义"的军队哪儿顶得住哇！公子目夷、公子固、公子荡拼命保住宋襄公，可是宋襄公的大腿上早已中了一箭，身子也有几处受了伤。那面"仁义"大旗委委屈屈地给人家夺了去。公子荡不顾死活，挡住了楚国人。公子目夷保护着宋襄公赶着车逃跑。公子目夷瞧着愁眉苦脸的宋襄公，又是恨他，又是疼他，问他说："您说的讲道义的打仗就是这个样儿的吗？"宋襄公一边理着花白的头发，一边揉着受了伤的大腿，说："依我说，讲道义的打仗就是以德服人。比如说，看见已经受了伤的人，可别再去害他；看见头发花白了的人，可别拿他当俘虏。"公子目夷说："如果怕打伤敌人，那还不如不打；如果碰到头发花白的就不抓他，那还不如让他抓去呢！"

宋襄公逃回睢阳，受了很重的伤，不能再起来了。他嘱咐太子说："楚国是咱们的仇人，千万别跟他们往来。晋国的公子重耳挺有本领，要是他能够回国的话，将来一定是个霸主。你要好好地跟他打交道，准没错儿。"

宋襄之仁　　宋襄之仁是历史上有名的一个典故，出自《左传·僖公二十二年》："宋人既成列，楚人未既济。司马曰：'彼众我寡，及其未既济也，请击之。'公曰：'不可。'既济而未成列，又以告。公曰：'未可。'既陈而后击之，宋师败绩。"

　　在古时候，人们是很看重"礼""义"的，就连打仗也有许多的讲究。宋襄公严格遵守战争的规矩，对方没有列好队伍之前绝不开战。在当时看来，这是十分符合"仁义"观的做法。

　　但是现在，宋襄之仁常用来指对敌人毫无限度地讲究仁慈是十分可笑的。

qín　jìn　zhī　hǎo

秦晋之好

　　秦穆公帮助晋国立公子夷吾做了国君（就是晋惠公），自己没得到一点儿好处，反倒受了他的气。后来夷吾把公子圉（yǔ）送到秦国做抵押。秦穆公总算优待公子圉，还把自己的女儿怀嬴嫁给他。公元前 638 年，公子圉听说他父亲死了，怕君位传给别人，就偷偷地跑回去了。第二年夷吾一死，公子圉做了国君，也不跟秦国来往。秦穆公后悔当初错了主意，立了夷吾。现在夷吾死了，公子圉又是一个夷吾。因此，他决定要立公子重耳做国君，就把他从楚国接了来。

　　秦穆公和穆姬都尊敬公子重耳，想把女儿怀嬴改嫁给他。秦穆公叫公子絷（zhí）去做媒。赵衰（cuī）、狐偃（yǎn）他们巴不得能够跟秦国交好，都劝公子重耳答应这门亲事。这么着，重耳又做了新郎。

　　大家正在那儿吃喜酒的时候，狐毛、狐偃哭着来见重耳，要他去给他们报仇。原来公子圉即位以后，就下了一道命令，说："凡是跟随重耳的人必须在三个月之内回来，改过自新。过了期限，全有死罪，父兄不叫他们回来的也有死罪。"狐毛、狐偃的父亲狐突因为不肯叫他们回去，给他杀了。重耳把这件事告诉了秦穆公，秦穆公决定发兵替女婿打进晋国去。可巧晋国的大夫栾枝（栾 luán）打发他儿子栾盾到了秦国。栾盾对公子重耳说："公子圉杀害忠良，虐待人民。朝廷上的大臣都打算起事，只等公子一到，就做内应。"秦穆公发了大军，叫丕豹（丕 pī）做先锋，亲自护送公子重耳回晋国去。

公元前 636 年，他们到了黄河，打算坐船过河。秦穆公分了一半兵马护送公子重耳过河，自己留了一半在黄河西岸作为接应。他对公子重耳说："公子回到晋国，可别忘了我们夫妇俩啊！"说着流下眼泪来。重耳对他更是依依不舍。

上船的时候，那个管行李的壶叔，挺小心地把一切东西全弄到船上。他还忘不了以前饿肚子、煮野菜的情形，吃剩的凉饭、咸菜，穿过的旧衣裳、破鞋什么的，全舍不得扔下。重耳一瞧，哈哈大笑，对他说："现在我去做国君，要什么有什么，这些破破烂烂的还要它干吗？"狐偃一瞧，拿着秦穆公送给他的一块白玉，跪在重耳面前，说："如今公子过河，对岸就是晋国。内有大臣，外有秦国，我挺放心。我想留在这儿，做您的外臣。奉上这块白玉，聊表我一点儿心意。"公子重耳愣了一愣，说："我全靠你帮助，才有今日，你怎么说不去了呢？"狐偃说："从前公子在患难中，我多少也许有点儿用处。现在您回去做国君，自然另有一批新人使唤。我们就好比旧衣、破鞋，还带去做什么呢？"重耳毕竟是重耳，听了这话，脸红了，马上说："这全是我的不是！我可不是忘恩负义的人。"说完了，吩咐壶叔再把破烂东西弄上船来。

寒食节

公子重耳逃难的时候，有五个人一直跟随着他，其中有个人叫作介子推。介子推对重耳十分忠诚，曾经在最饥饿的时候割下自己的肉给重耳吃。重耳回到晋国当上了晋文公以后，封赏了当初跟随他的功臣。介子推觉得晋文公做君主本来就是天命所归，自己没有什么功劳，就带着母亲到绵山隐居去了。晋文公想起介子推"割股啖君"的恩情，想要给他封赏。可是绵山太大了，晋文公找不到介子推，这时有人献计说："不如放火烧山把介子推逼出来吧。"晋文公听信了这个办法，把绵山给烧了，可介子推到了也没有出来。据说，介子推宁愿抱着树被烧死，也不愿无功受禄，接受封赏。

后来，人们为了纪念忠君高洁的介子推，在他死去的那个月不吃火烧的饭食，在门上插柳条，烧纸钱祭祀。渐渐地，一个月缩减为一天，"寒食节"就这样被固定在了冬至后的第一百零五天，也是清明节的前两天。

他们过了黄河，接连打下了几座城。晋国的勃鞮（dī）保护着公子圉逃到别的国去了。晋国的大臣们迎接了公子重耳，立他为国君，就是晋文公。晋文公四十三岁逃往狄国，五十五岁到了齐国，六十一岁到了秦国，即位的时候已经六十二岁了。

重耳做了国君，唯恐公子圉来夺君位，就打发人把他暗杀了。吕省、郤芮（xì ruì）原来是公子圉的心腹，一听说公子圉被刺，心里非常害怕。他们想起勃鞮曾经五次三番地去刺杀重耳，重耳当然不会放过他。他们就打发人把他召回来。三个人集合了自己的士兵，打算火烧公宫，活捉重耳。

到了约好的那天，吕省他们把公宫团团围住，然后放起火来。宫里的人从梦中惊醒，慌里慌张，一齐乱起来了。火光中有不少士兵，拿着兵器，守住所有的出入口，嘴里嚷着："别放走重耳！"勃鞮急急忙忙地跑来对吕省、郤芮说："狐偃、赵衰、魏犨（chóu）他们带着士兵救火来了。再下去，咱们也跑不了啦。宫里烧到这份儿，重耳还活得了吗？"他们立刻带着人马逃往城外，再作商量。

勃鞮出主意说："近来咱们的国君全是秦国立的，你们二位也认识秦伯。咱们不如到秦国去，告诉他们说

宫中失火，重耳烧死了，请秦伯另外立个国君。你们瞧好不好？"他们也没有别的法子，只好这么办。秦穆公立刻派公孙枝和丕豹迎接吕省和郤芮过去。

勃鞮、吕省和郤芮一同拜见了秦穆公，请他立个国君。秦穆公满口答应，还说："新君已经在这儿了。"三个人一齐说："这可好极了，请让我们拜见新君！"秦穆公回头说："新君请出来吧！"接着就出来了一位国君，不慌不忙地迈着四方步，捋着胡子。吕省、郤芮抬头一瞧，吓得浑身直打哆嗦。这位新君不是别人，正是晋文公重耳。晋文公骂着说："我哪点得罪了你们？你们竟这么翻来覆去地跟我过不去！要是没有勃鞮，我早给你们烧死了！"吕省、郤芮这时候才明白上了勃鞮的当，只好伸长脖子，让武士们砍去他们的脑袋瓜。

晋文公靠着秦穆公的帮助，稳定了君位，他从秦国接来了怀嬴，从齐国接来了齐姜，然后大赏功臣，尤其是当初跟他一块儿逃过难的那一批人。他叫每个人说出自己的功劳，然后论功行赏。

正在这时，天王家里又出了事。周襄王的兄弟勾结狄族来夺王位，把周襄王逼得退到了郑国。周襄王到了郑国的氾城（氾 fán），写了一个通告，派人送到齐、宋、陈、郑、卫等国，报告事情的经过，各国全派人去慰问天王，或者送点儿吃的东西，可是没有人发兵护送他打回洛阳去。有人对天王说："现在诸侯中间只有秦伯和晋侯想做霸主。秦国有蹇叔（蹇 jiǎn）、百里奚（xī）、公子絷一班大臣，晋国有赵衰、狐偃、胥臣（胥 xū）一班大臣。只有他们能会合诸侯，扶助天王。别人恐怕全不中用。"天王就打发两个使者，一个去见秦穆公，一个去见晋文公。

晋文公一听见天王逃难的消息，就打算带领大队兵马到洛阳去。他的兵马刚要动身的时候，听说秦国的兵马已经到了黄河边了。晋文公立刻派人去见秦穆公，说："敝国已经发兵去护送天王，您就不必劳驾了。"秦穆公说："好吧！我怕贵国一时不便发兵，只好亲自出来。现在我就等着你们马到成功的好消息。"蹇叔、百里奚说："晋侯不叫咱们过去，明明是怕咱们分了他的功劳哇！咱们不如一块儿去！"秦穆公说："我不是不知道。不过重耳做了国君，还没立过大功。这回护送天王的大功，就让给他吧！"他打发公子絷到汜城去慰问慰问天王，自己带着大军回去了。

公元前 635 年，晋国的兵马打败了狄人，杀了一帮乱臣贼子，护送天王回到京城。朝廷上的大臣们把晋文公当作第二个齐桓公。周襄王大摆酒席，慰劳晋文公，

还说："我把邻近京城的四个城封给你吧。"晋文公赶快磕头谢恩。这样，在秦穆公的谦让下，晋文公不仅立了大功，还得到了洛阳附近的土地。

秦晋之好

出自《世说新语》："妻父有冰清之资，婿有璧润之望，所谓秦晋之匹也。"

春秋时期，秦国和晋国相邻，两个国家都属于强国，有一些矛盾冲突，但也会通过联姻来组成利益联盟。最初的秦晋联姻始于秦穆公时期，秦穆公为了扩大在中原的影响力，向当时强大的晋国求娶，晋献公就把女儿穆姬嫁了过去，穆姬的陪嫁队伍里还有大名鼎鼎的百里奚呢。随后，秦穆公多次参与晋国的君位之争，帮助公子重耳回国即位为晋文公，还把女儿怀嬴嫁给了晋文公。秦晋两国就这样连续几代有紧密的姻亲关系，这在当时属于政治联姻。

后来，人们就习惯用"秦晋之好"来形容两家成为姻亲关系。

退避三舍

tuì bì sān shè

晋国的公子重耳在齐国避难的时候，宋襄公为了帮助齐国，吃了不少苦头，可是齐孝公反倒归附了楚国，这叫那一伙子跟着公子重耳待在齐国的晋国人看不过去了。赵衰（cuī）这一伙子人商量着说："咱们到这儿来，原来指望齐国能帮助咱们回到晋国去。没想到齐侯一死，新君反倒以怨报德，哪儿还有一点儿霸主的味儿？咱们不如到别国去吧！"

重耳一伙人先到了曹国，曹共公待他们挺不客气，只让他们过一宵，可不给他们吃的。于是，重耳离开曹国，到了宋国。宋襄公因为大腿上受了伤，正在那儿害病，一听见公子重耳来了，就派公孙固去迎接。宋襄公送他们每人一套车马，招待得特别周到。公子重耳他们

都非常感激。过了些日子，宋襄公的病还不见好转，狐偃私底下跟公孙固商量。公孙固说："公子要是愿意在这儿，我们是万分欢迎的。若是指望我们发兵护送公子回到晋国去，这时候敝国还没有这份力量。"狐偃说："您的话是实话，我们全明白。"

第二天他们离开了宋国，一路走去，到了郑国。郑文公认为重耳在外边流浪了这么些年还不能回国，一定是个没出息的人，因此理也不去理他。他们又恼又恨，可是不能发作出来，只好忍气吞声地往前走。没有几天的工夫，他们到了楚国。

楚成王可不同了。他把重耳当作贵宾，还用招待诸侯的礼节去招待他。楚成王对他越来越好，重耳对楚成王就越来越恭敬，两个人就这么做了朋友。有一天，楚成王跟重耳打哈哈，问他："公子要是回到晋国，将来怎么报答我呢？"重耳说："金银财宝贵国多着呢，我真想不出来怎么来报答大王的恩典。"楚成王笑着说："不过多少总得报答一点儿呀！"重耳说："要是托大王的福，我能够回到晋国去，我愿意跟贵国交好，让两国的老百姓都能过着太平的日子。可是万一发生战争，那我怎么敢跟大王对敌呢？那时候，我只能退避三舍（三十里为一舍，退避三舍，就是退九十里的意思），

算是报答您的大恩。"

后来，重耳做了国君，就是晋文公。晋文公稳定了君位以后，想起逃难时在卫国和曹国没少受气，就发兵灭了这两个国家。这个时候，楚国又出兵去攻打宋国，宋成公赶忙派人到晋国来求救兵。

楚成王听说晋国一口气打下了卫国和曹国，就打发人叫成得臣回去，还告诉他说："重耳在外头跑了一十九年，现在已经六十多了。他是吃过苦、挺有经验的人。咱们跟他打仗，未必能占上风，你还是趁早回来吧！"

成得臣不愿意退兵。他派人去对楚成王说："请再等几天，等我打了胜仗回来。万一打败了，我情愿受军法处置。"楚成王一瞧成得臣不回来，心里挺不痛快，就问已经退职的令尹子文（令尹，是楚国的官衔，相当于中原的相国）。子文说："现在晋国挺强，重耳帮助宋国是打算做霸主。我想还是让子玉（成得臣字子玉）留点儿神，千万别跟他撕破了脸。"楚成王再派人去通知成得臣。成得臣经不住好几次通知，只好软下来。他派人去对晋文公说："楚国对于曹国和卫国，正像晋国对于宋国一个样儿。您要是恢复曹国和卫国，我就不打宋国，咱们彼此和好，省得叫老百姓吃苦。"晋文公还没说什么呢，狐偃开口就骂："成得臣这小子好不讲理！他放了一个还没打败的宋国，倒叫我们恢复两个已经灭了的国家。哪儿有这么便宜的买卖？"晋文公就把成得臣派来的使臣扣起来，把他手下的人放回去。

晋文公又耍了一些手腕，一方面打发使臣去联结秦国和齐国，请他们一块儿来帮助中原的诸侯，抵御楚国这个"蛮族"；一方面通知卫成公和曹共公，叫他们先去跟楚国绝交，将来一定恢复他们的君位。他们当然是怎么说就怎么依的，就写信给成得臣。成得臣正替这两国说情，他们倒来跟他绝交。他这一气，差点儿气昏过去。双脚乱跺地嚷着说："这两封信明摆着是那个饿不死的老贼逼他们写的。算了！不打宋国了！去找重耳这老贼去！打退了晋国再说。"他就带着兵马，一直赶到晋国人驻扎的地方。

中军大将先轸（zhěn）一瞧楚国人过来，就打算立刻开战。狐偃说："当初主公在楚王面前说过，要是两国打仗，晋国情愿退避三舍。这可不能失信。"将士们都反对，说："这怎么行？晋国的国君还能在楚国的臣下面前退避吗？"狐偃说："咱们不能忘了当初楚王对咱们的好意。退避三舍是向楚王表示好意，哪儿是向成得臣退避呢？再说，要是咱们退兵，他们也退兵，两国就容易讲和了。那不是挺好吗？要是咱们退兵，他们还追上来，那就是他们的不是了。咱们有理，他们没理，咱们的将士个个理直气壮，他们的将士还是自高自大，两国打起来，对咱们就有利。"大家才没有话说了。晋文公吩咐军队向后撤退。晋兵连退三舍，一直退了九十里，到了城濮（pú），才停了下来。这时候，秦国、齐国、宋国的兵马也先后到了。

楚国人一瞧晋国人往后退，大家伙儿甭提多痛快了。大将斗勃对成得臣说："晋国的国君直躲着楚国的大臣，咱们已经有了面子了。大王早就叫咱们回去，咱们也不能太固执。我瞧咱们既然有了面子，就下台阶吧。"

成得臣说："现在回去已经晚了，倒不如打个胜仗，还可以将功折罪。咱们追上去吧！"楚国人就追到了城濮。

晋文公向来知道成得臣的厉害。将士们也都知道楚国从来没打过一回败仗。再说晋国的兵马退了九十里了，楚国人一步死盯一步，大家伙儿心里多少有点儿害怕。晋文公尤其不放心，万一打个败仗，别说不能做霸主，从这儿往后，中原诸侯只好听楚国的了。从前齐桓公（桓huán）和管仲还不敢轻易跟他们开战呢！他越想越担心，越担心越心虚。

第二天，晋文公对狐偃说："我可有点儿害怕。昨儿晚上我做了个梦：我好像还在楚国，跟楚王摔跤。我摔不过他，摔了一个大仰壳儿。他趴在我身上，直打我脑袋，还吸我的脑浆。到这时候我脑袋还有点儿疼呢！"狐偃可真会说话，他直给晋文公打气，说："大喜，大喜！咱们准打胜仗！"晋文公说："这话怎么讲？"狐偃说："主公仰面朝天，分明是得到了老天爷的帮助；楚王向您一趴，还不是向您请罪吗？"晋文公听他这么一说，脑袋也不疼了，也觉得自己有了胆量，就鼓动将士们准备跟楚国人对打。

两边一开战，先轸故意打了个败仗。成得臣骄傲自大，一向不把晋国人搁在眼里，一看他们逃跑，就不顾前后地直追上去。先轸就这么把楚国人引到有埋伏的地

城濮之战

公元前 632 年，楚国和晋国在城濮交战，这是春秋历史上一场重要的争霸战役。在此之前，楚成王实行了许多仁政，又和中原诸侯国结好，国家日益强大。楚成王向北灭掉了十余个国家，先后与齐桓公、宋襄公争霸，齐桓公率领八国盟军都未能阻止楚成王踏足中原的步伐。此时，晋文公即位，晋国在其治理下也有称霸之势，两个强国必有一战。最终由于楚国战线过长，主帅成得臣冒进等因素，楚国在这场战役中败给了晋国，这直接阻挡了楚国向中原继续扩张的脚步，也决定了晋国在中原的霸主地位。

方，切断他们的后路，杀得他们七零八落，有腿的快快地跑了。晋文公连忙叫先轸嘱咐将士儿郎们，只要把楚国人赶跑就是了，不许追着杀，省得辜负了楚王先前的情义，留个后路，日后还可跟楚国和好。楚国的将军成得臣、斗勃、斗宜申、斗越椒带着那些败兵，沿着睢水（睢 suī）急急忙忙地跑了。

成得臣一直退到楚国的连谷城，打发儿子成大心带着剩下的军队去见楚成王。楚成王气冲冲地数落着说："我直告诉你们别跟晋国人开战，你们偏不听我的话！你父亲自己说过愿受军法处置，还有什么可说？"成大心说："我父亲早知道有罪，当时就要自杀。我跟他说，见了大王，让大王处置吧！"楚王说："打了败仗的将军，不能活着回来，这是楚国的规矩，用不着废话。"成大心只好哭着回到连谷城去了。

有一位大臣知道了这件事，赶紧去见楚成王，对他说："子玉是个猛将，就是没有计谋，本来就不该叫他独个儿带兵，让他自作主张。要是有个谋士在旁边，一定能够打个胜仗。这回虽说是打败了，可是以后能打败晋国的还得是他。大王不如免了他的死罪吧。"楚王一想这倒是，就立刻打发人去传命令："败将一概免死。"可是等传令的人赶到连谷城，成得臣已经自杀了。

退避三舍

出自《左传·僖公二十三年》："晋、楚治兵，遇于中原，其辟君三舍。"

退，后退；避，躲避；舍，春秋时期行军三十里称为一舍。楚庄王曾在晋文公逃亡的时候帮助过他，晋文公答应两国交战时退兵九十里以报答恩情。

这个成语后来引申为与人发生冲突时主动退让，或者由于对方太强而不敢与之相比。

zhú zhī wǔ tuì qín shī

烛之武退秦师

公元前 630 年，晋文公要会合诸侯去征伐郑国。

先轸（zhěn）说："会合诸侯已经好几次了，这回又要他们去打郑国，好像叫他们不能过消停的日子。咱们的兵马已经够打郑国的了，何必再麻烦别人呢？"晋文公说："也好，不过上回秦伯跟我约定有事一块儿出兵。这回倒不能不去请他。"他就派使臣去请秦穆公发兵。

晋国的军队到了郑国，秦穆公带着百里奚、孟明视和三个副将杞子（杞 qǐ）、逢孙（逢 páng）、杨孙也到了。晋国的兵马驻扎在西边，秦国的兵马驻扎在东边，声势十分浩大，吓得郑文公没有主意了。大夫叔詹（詹 zhān，郑文公的兄弟）说："要是派一个有口才的人去劝告秦国退兵，单剩下晋国人就好办得多了。"郑文公

097

说："派谁去呢？"叔詹保举了烛之武。郑文公就叫人去请他来。烛之武到了朝堂，大臣们一瞧，原来是个七老八十的老头子，身子弯得像一张弓，走起路来晃晃悠悠简直像要栽倒似的。郑文公对烛之武说："我想请你去见秦伯，劝他退兵。老先生能辛苦一趟吗？"烛之武说："这怎么成呢！在我年富力强的时候还不能立点儿功劳，如今一说话就上气不接下气的，还有什么用呢？"郑文公赔不是，说："像你这么有能耐的人，我不能早点儿重用，这是我的过错。可是过去的事请你别提了。现在大难临头，我们急得一点儿主意都没有。还是请老先生勉为其难，为国家辛苦一趟吧！"烛之武一瞧他这么诚心诚意的，只好答应了。

当天晚上，几个壮小伙子请烛之武坐在筐子里，用

春秋无义战

　　春秋可能是中国历史上发生战争次数最多的时期，有时一年下来能打上百场，发动战争的理由很随意，有时就因为某个人说过的一句话，有时可能是因为多少年前的一段旧怨，然后就通知对方说我就因为这个现在来打你了。总的来说就是想证明自己的肌肉更强壮，几十个国家乱糟糟地打来打去，很像现在的约架。

　　战争的结果也可能把对方灭掉扩大自己的版图，也可能以对方服软认输而结束，也可能推翻对方的政府后，再帮助对方重组新政府，然后退兵表示自己没有私心。

　　每一场战争看起来都是出师有名的，其实都是利益之争甚至是意气用事，所以孟子说："春秋无义战。"

绳子从东城的城墙上吊下去。他就一直向着秦国兵营走去。秦国人一瞧是个老头子，一只脚已经踩在坟边上了，也不去为难他，可是不许他到兵营里去。烛之武就赖在外头直哭。秦穆公听到了，吩咐人把他带进来，问他："你没事在这儿哭什么？"烛之武说："我哭的是郑国快要亡了！"秦穆公说："那你也不该在这儿哭哇。"烛之武说："我还替秦国哭呢！"秦穆公说："秦国有什么可哭的？"

烛之武说："贵国和晋国联合起来攻打郑国，郑国准得亡了。可是郑国在晋国的东边，秦国在晋国的西边，郑国离秦国差不多有一千里路，秦国绝不能跳过晋国来占领我们的土地。那么郑国一亡，土地就全归晋国了。贵国和晋国本来是一般大，势均力敌的。要是晋国灭了郑国，晋国的力量可就要比秦国大得多了。再说您对晋国可以说是有大恩大德，晋国对您多少有点儿忘恩负义。这且不说，今天晋国向东边打，灭了郑国，明天也可以向西边去侵犯贵国。您知道从前虞国帮助了晋国，灭了虢国（虢 guó）。晋国可用什么去报答虞国呢？晋国灭了虢国，顺手把虞国也灭了。像您这么英明，一定明白这点，我只是提一提罢了。"

秦穆公听了，细细地咂摸着烛之武的话，觉得挺对，不由得向他点了点头。烛之武接着说："要是贵国能答应我们讲和，敝国就脱离楚国，投降贵国。以后贵国要是在东道上有什么事情，或是派人来往什么的，一切全由敝国来招待，敝国一定作为贵国的'东道主'，就算是您外边的仓库。"秦穆公答应了烛之武的要求，跟他"歃

血为盟"，还派了杞子、逢孙、杨孙三位副将在北门外留下两千人马保护着郑国，自己带着其余的兵马回去了。

晋国人一瞧秦国人不说什么就走了，都挺生气，狐偃（yǎn）主张追上去打他们。晋文公说："我要是没有秦伯帮忙，怎么能够回国呢？"他就叫将士们加紧攻打郑国，同时还向郑国提出两个条件：第一，立公子兰为太子。第二，交出谋士叔詹。原来郑文公治死公子华的时候，公子们都逃到别国去了。公子兰逃到晋国，留在那儿做了大夫。这回晋文公攻打郑国的时候，叫他领路。公子兰推辞，说："我虽然受了父亲的迫害，跑到这儿，做了大夫，可我不能忘了父母之邦。主公可怜可怜我的苦衷吧！"晋文公由这儿更看得起公子兰。这回要郑文公立他为太子。

郑文公只能答应一半，他说："立公子兰为太子，这倒是可以的。叔詹是我们重要的大臣，怎么也不能叫他去遭毒手。"叔詹说："要是晋国不答应咱们讲和，咱们全国的老百姓可不知道要被他们弄死多少。难道主公倒愿意吗？死了我一个人，救了郑国的老百姓，还不值吗？"郑文公和大臣们只好流着眼泪，把叔詹交给晋文公。晋文公要把叔詹扔到油锅里活活地炸死。叔詹说了一大篇为国尽忠的话，最后还说："拿忠臣下油锅，难道是晋国的规矩吗？"晋文公是要面子的，就把他放了。没过几天，公子兰到了。晋文公派人送他进城，郑文公就立他为太子。晋国的兵马才离开了郑国。

秦国的将军杞子、逢孙、杨孙三个人带着两千人马驻扎在北门。一瞧晋国送了公子兰回国，立他为太子，不由得气得直蹦。杞子说："主公因为郑国投降了咱们，才退兵回去，叫咱们保护北门。郑伯反倒甩了咱们，投降了晋国，简直太不像话了！"他们就派人去向秦穆公报告，请他快来征伐郑国。

烛之武退秦师

这个典故出自《左传·僖公三十年》。晋文公早先逃难过程中路过郑国，郑国没有以礼相待，此外，晋、楚两国的城濮之战时，郑国出兵帮助楚国，这是晋国攻打郑国的直接原因。在国难面前，烛之武挺身而出，孤身一人劝退秦师，体现了烛之武的雄辩之智、无畏之勇、爱国之心。他劝秦王可以把郑国作为东方道路上的主人，郑国的存在对秦国有利而无害。"东道主"一词就出自这个典故。

niú xì tuì dí
牛饩退敌

　　秦穆公听了杞子（杞 qǐ）的报告，心里挺不痛快。不过他还不好意思跟晋文公撕破脸，只好暂时忍着。后来听说郑伯死了，晋文公也死了。秦穆公就打算接着晋国来做霸主。杞子、逢孙、杨孙三个将军又来了一个报告，说："太子兰做了国君。他只知道有晋国，不知道有秦国。请主公立刻发兵来，我们在这儿做内应，里外一夹攻，就能把郑国灭了。"

　　秦穆公召集了大臣们商量怎么去攻打郑国。蹇叔（蹇jiǎn）和百里奚全都反对，说："咱们的兵马留在郑国，为的是保护他们，现在反倒去攻打他们，这不是不讲信义吗？郑国和晋国都刚死了国君，已经够倒霉的了，咱们不去吊祭，反倒趁火打劫去侵犯人家，这不是太不合

《春秋左氏传》

　　《春秋左氏传》的原名叫作《左氏春秋》，到汉代经由班固才改为现在的名字，这是儒家经典十三经之一，相传是春秋末年鲁国的史官左丘明以《春秋》为纲写成的编年体史书，不仅有很高的史料价值，还有文学审美价值。《春秋》据说是孔子所作，记述粗略，笔法微言大义，言简意深，比较难以理解，因此有了解释《春秋》的"传"。《左传》《公羊传》《谷梁传》合称为"《春秋》三传"。《春秋》在秦代已经失传，现在的版本是从《春秋》三传中简化出来的。我们现在了解到的春秋历史故事，大多来自这几本史书。

理吗？郑国离咱们这儿可有一千多里地呀！就算偷偷地行军，路远日子久长，能不让人家发现吗？就算咱们打个胜仗，也没有多大的好处，咱们又不能占领郑国的土地。要是打个败仗，损失可不小哇！"秦穆公听着听着就有点儿烦了，他说："我好几回平定了晋国的内乱，按说秦国早就该做霸主了。但因为重耳打败了楚国，我把霸主的地位让给他了。现在重耳死了，难道咱们就这么没声没气地老躲在西边吗？"蹇叔说："就算要去征伐郑国，也不能全凭杞子一句话！我想还是请主公先派人到晋国去吊祭，顺便瞧瞧，然后再决定发不发兵。"秦穆公说："要打仗，就越快越好。要是先去吊祭，再瞧瞧，然后发兵，这么来来往往地得费多少日子？我瞧你多少是上了年纪了，难怪你前怕狼后怕虎地少了点儿精神气！"他就拜孟明视为大将，西乞术、白乙丙为副将，率领着三百辆兵车去攻打郑国。

大军出发那一天，蹇叔和百里奚送到东门外，对着秦国的军队哭着说："真叫我心疼啊！我瞧见你们出去，

可瞧不见你们回来了！"秦穆公听了，心里可真不痛快，派人去责备他们，说："你们干什么对着我的军队号丧，扰乱军心？"蹇叔和百里奚一同说："我们哪儿敢对着主公的军队哭呢？我们哭的是自己的儿子呀！"西乞术、白乙丙是蹇叔的儿子，他们瞧着父亲哭得那么难受，就说："我们不去了。"蹇叔说："那可不行！咱们一向受到国君的重视，你们就是给人打死了，也得尽你们的本分。"说着他交给他们一个包得挺结实的竹筒，嘱咐他们说："你们照里面的话瞧着办吧！"西乞术和白乙丙只好收了竹筒走了，心里又是害怕，又是难受，唯恐再也见不着父亲的面了。孟明视是百里奚的儿子，他可不是那样。他是个猛将，浑身是劲儿，只有人怕他，他什么也不怕。他觉得他父亲的胆子也太小了。

那天晚上，安营下寨以后，孟明视去见西乞术和白乙丙说："伯父给你们一个竹筒，里边一定有高招儿！"西乞术把竹筒打开，他们一瞧，上头写的是："这回出去，郑国倒不大可怕。千万得留神晋国。崤山（崤 xiáo）一带地形险恶，你们得多加小心。要不然，我就得到那边收拾你们的尸骨。"孟明视瞧完以后就好比吃了一个臭螺蛳，连着呸呸地啐着说："丧气！丧气！"西乞术擦去溅在他脸上的唾沫星子，心里也觉得他父亲怕得太过分了，哪儿会真有这样的事！

秦国的军队到了滑国地界。前边有人拦住去路，说："郑国的使臣求见！"前哨的士兵赶快通报孟明视。孟明视大吃一惊，叫人去接见郑国的使臣，还亲自问他："你叫什么名字？到这儿来干什么？"那人说："我叫弦高，我们的国君听到三位将军要到敝国来，赶快派我带上十二头肥牛，送给将军。这一点儿小意思可不能算是犒劳，不过给将士们吃一顿罢了。我们的国君说，敝国蒙贵国派人保护北门，我们不但非常感激，而且我们自个儿也更加小心谨慎，不敢懈怠，将军您只管放心！"孟明视说："我们不是到贵国去的，你们何必这么费心呢？"弦高似乎有点儿不信。孟明视就偷偷地对弦高说："我们……我们是来攻打滑国的，你回去吧！"弦高交上肥牛，谢过孟明视，回去了。

孟明视下令攻打滑国。弄得西乞术和白乙丙莫名其妙，问他："这是什么意思？"孟明视对他们说："咱们偷着过了晋国的边界，离开本国差不多有一千里地了。原来打算郑国没有准备，猛一下子打进去，才有打胜仗的把握。现在郑国的使臣老远地来犒劳。这明明告诉咱们，他们已经做了准备。他们有了准备，用心把守，给咱们一个干着急。要是把郑国长时期地围起来，咱们

的兵马可又不够，另外又没有军队派来，哪儿成呢？倒不如趁着滑国没有防备，一下子就把它灭了，多带些财物回去，也可以回报主公做个交代，总算咱们没白跑一趟。"

没想到孟明视可上了弦高的大当。他这使臣原来是冒充的。他是郑国的一个牛贩子，这回赶了些牛，到洛阳去做买卖，半路上碰见一个从秦国回来的老乡。俩人随便一聊，那老乡说起秦国发兵去攻打郑国。这位牛贩子还真爱国，一听到这个消息，急得什么似的。他想："本国近来有了丧事，一定不会有防备的。我既然知道了，多少得想个主意呀！"他一方面派手下的人赶快回去通知国君，一方面赶着牛群迎上来。果然在滑国地界碰到了孟明视的军队。他就冒充使臣犒劳秦军，救了郑国。

郑穆公接到商人弦高的信，马上派人去探察杞子、逢孙、杨孙他们的动静。果然，他们正在那儿整理兵器，收拾行李，好像打算出发的样儿。郑穆公派老大臣烛之武去对他们说："诸位将军在敝国可够累的了。孟明视的大队人马已经到了滑国，你们怎么不跟他们一块儿去呀？"杞子听了，大吃一惊，知道有人走漏消息。当时只好厚着脸皮对付了几句，就连夜逃走了。

牛饩退敌

　　这个故事最早记载于《左传·僖公三十三年》，作为成语是在《后汉书·张衡列传》中出现的："弦高以牛饩退敌，墨翟以索带全城。"

　　饩，活的牲口。弦高第一时间审时度势，假托使臣身份，用赠送活牛犒劳军队的方法巧妙地骗退了秦军。一个普通的贩牛商人，在关键时刻以国家大事为己任，他的担当和急智都值得人学习。

一鸣惊人

楚穆王死了，他的儿子即位，就是楚庄王。楚国的大臣一而再，再而三地请楚庄王去争霸权。楚庄王不听这一套，什么国家大事，什么霸主不霸主，他全不放在心上。就这样胡闹了三年，大家伙儿把他当作昏君看待。哪儿知道他有他的心思。现在的令尹斗越椒比以前的令尹势力更大。他还不知道楚国大臣当中谁有能耐，有胆量，可以重用。凭他怎么要强，光凭自己两只手也干不了大事呀。他索性饮酒作乐，不问朝政。大臣当中也有几位劝过他的，可是他们的话，全是隔靴搔痒，不着实际，他连听都不爱听。后来他下了一道命令，挂在朝堂上，说："谁要敢再多嘴，就有死罪。"直吓得大臣们全不敢说话了。楚庄王大失所望，难道不怕死的大臣连

春秋笔法

　　春秋笔法就是孔子在写作《春秋》时所用的语言表达方式，又叫微言大义，左丘明写《春秋左氏传》时也沿用了这样的笔法。孔子在记述历史时不做直接点评，而是通过对史料的选择、修辞手法等方式在客观叙述中曲折、委婉地表达自己的看法，有的人说《春秋》里的每一个字都蕴含着褒贬。孔子写《春秋》的一个原则是"为尊者讳，为亲者讳，为贤者讳"。也就是不写尊、亲、贤者的坏话，可是人哪能一点儿毛病都没有呢，孔子写着写着就有目的性地选择了史料，用上委婉的表达方法了。这种写作笔法非常精妙，被沿用至今。

一个都没有吗？他只好多喝几盅热酒，暖暖差不多快要凉了的心。

　　有一天，大夫申无畏来见楚庄王。楚庄王冲他一笑，申无畏吓了一跳。这是为什么呢？就因为楚庄王那一副眉毛，又粗又重，有点儿像个暴君的样子；可是眉毛底下的两只眼睛黑白分明，又有点儿像美男子。他笑了起来，好像一只笑面虎似的，不但威风，而且那对大眼睛好像能看透人家的心似的。楚庄王不等申无畏开口，就先问他："你是来喝酒的呀，还是来听音乐的？"申无畏也弄不清他的心顺不顺，只好撞大运了。他回答说："有人叫我猜个谜儿，我猜不着。大王多才多艺，请您猜猜吧！"楚庄王说："什么？猜谜儿？倒怪有意思的。来吧！"申无畏说：

楚国山上，

有只大鸟。

身披五色，

真叫荣耀。

一停三年，

不飞不叫。

人人不知，

是什么鸟？

　　楚庄王笑着说："这可不是普通的鸟。三年不飞，一飞冲天；三年不鸣，一鸣惊人。你别急！"申无畏磕了个头，说："大王到底英明！"他就出去了。

　　申无畏一天一天地等着，可瞧不出那只大鸟有什么惊人的行动。他就和大夫苏从商量想再去劝劝国王。这回苏从去了。他跑到楚庄王面前哭起来了。楚庄王把脸往下一沉，嚷着说："你明知道我已经下了令，你还要来找死，可也太笨了。"苏从说："可是大王比我还笨哪！我至多给您杀了，死了还落个忠臣的美名。您呢！做了国王，光图眼前舒服，也不想想怎么管理朝政，怎么号令诸侯。人家那儿做霸主，您连自个儿的属国都管不住了。您不是比我还笨吗？我的话完了，请杀吧！"楚庄王站了起来，说："你说得对！只要你们肯干，我为什么要窝窝囊囊地闷在宫里呀！"

　　楚庄王就从那天起，亲手拉起国家的缰绳。一面改

115

革政治，调整人事，叫楚国的大权不再集中在令尹手里；一面招兵买马，训练军队，打算跟晋国争争霸主的地位。全国上下都高兴起来了。就在这一年，楚庄王征服了南边的许多部族。到了楚庄王第六年，楚国打败了宋国。第八年又打败了陆浑的戎族（戎 róng），楚庄王就在周朝的边界上阅兵示威。吓得周定王赶快派大臣王孙满去慰劳他。

楚庄王阅兵回来，到了半道上，前面有军队拦住去路，要跟他作战。原来令尹斗越椒早就有了造反的心思。自从楚庄王分了他的权力，他更加生气，这回一瞧楚庄王率领大军去打陆浑，好比老虎离了山，斗越椒就发动了自己手底下的人马，占领了郢都（郢 yǐng），随后又发兵，想去消灭楚庄王。楚庄王假装退兵，暗地里把大军四下里埋伏好，只叫一队兵马去把斗越椒引过来。斗越椒过了一道河，接着去追赶楚庄王。等到斗越椒知道中了计，赶紧回去，那河上的大桥早已拆去了，弄得他反倒丢了阵地。就瞧河那边有个大将喊着说："大将乐伯在此，斗越椒赶快投降吧！"斗越椒叫士兵们隔河射箭。

乐伯手底下有个小军官叫养由基，他大声地跟斗越椒说："这么宽的河，射箭有什么用？令尹您是个

射箭的好手，咱们俩就走得靠近点儿，站在桥头上，一人三箭，赌个输赢。不来的不是好汉。"斗越椒说："要比箭，我先射。"养由基就叫他先动手。斗越椒的箭是百发百中的，他还怕一个小兵吗？他就使劲地把箭射过去。养由基用自己的弓轻轻一拨，那支箭就掉在河里了。接着第二支箭又来了。他把身子一蹲，那支箭从他头顶上擦过去。斗越椒嚷着说："不许蹲，不许蹲！"养由基说："好！这回我就不蹲，您只有一箭了。"说完就瞧见第三支箭又到了。养由基不慌不忙，把箭接在手里，说："大丈夫说话算话，赖的不是好汉。"说着"嘣"的一声，斗越椒赶快向左边一躲。养由基笑着说："别忙，我就拉拉弓，箭还在手里呢。"接着他又把弓拉了一下，斗越椒赶快又向右边一躲。养由基就在他向右边躲的那一下子，直射了一箭。那支箭正射中了斗越椒的脑门子。他那高大的身子好像锯断了根的大树，慢慢地、挺挺地从桥头上倒下去了。"树倒猢狲散"，斗家的兵马逃的逃，投降的投降。楚庄王打了胜仗。养由基只一箭就射中了斗越椒，从此得了个外号叫"养一箭"。

　　楚庄王灭了叛党，回到郢都，开了一个庆功会。大臣们和将士们直到晚上还没回去。楚庄王说："我六年没喝酒了，也没听到钟鼓的声音。今天破个例，大家伙儿喝个痛快！"这时候天已经黑了，外边刮着大风，像是要下雨的样儿。可是大厅上点着蜡，奏着乐，大家伙儿高高兴兴地喝着酒，有说有笑，热闹得把外边的风声全压住了。楚庄王不用说多痛快了。他叫他最喜爱的许姬出来，给大臣们敬酒。这位仙女似的许姬一出来，当时在场的人都鸦雀无声，好像有星星的夜里，月亮出来了一样。粗鲁的将士们不由得老实起来。

大家伙儿正在出神的时候，忽然一阵狂风把大厅上的蜡全吹灭了。不知道谁趁着在黑暗中，拉住许姬的袖子，去捏她的手。许姬顺手牵羊地把那个人帽子上的缨子揪下来，吓得那个人赶快撒手。这时候管蜡的人还没把火种拿来，大家伙儿静悄悄地等着。许姬拿着帽缨子摸到楚庄王跟前，咬着耳朵说了几句。楚庄王扯着大嗓门，说："蜡慢着点！今儿晚上咱们来个痛快，别再那么拘束，不用打扮得衣冠齐整的了。大家伙儿把帽缨子全摘下来吧。"大臣们都莫名其妙地把帽缨子摘下来。楚庄王这才叫人点上蜡，大家伙儿照样喝酒。到了儿，他和许姬始终不知道拉袖子的是谁。许姬不明白楚庄王的意思，散席以后，还有点儿怪他。楚庄王告诉她："大家伙儿喝得全够样儿了，瞧见了你这美人儿，谁不

藏在春秋的成语

动心？要是查出来办罪，反倒弄得全没趣儿了。"这只一鸣惊人的大鸟，这一来更叫人佩服了。

一鸣惊人

出自《韩非子·喻老》："（楚庄王）虽无飞，飞必冲天；虽无鸣，鸣必惊人。"《史记》中也有"此鸟不飞则已，一飞冲天；不鸣则已，一鸣惊人"的记载。

鸣，鸟叫声，一声鸣叫使人震惊。意思是，楚庄王犹如一只大鸟，三年中虽然不飞不鸣，一旦起飞，必然直飞冲天，一旦开口，必然使人震惊。

后来用这个成语形容有些人平时没有特殊表现，深藏不露，突然获得非同寻常的成功，引起人们的惊异。

<ruby>食<rt>shí</rt></ruby> <ruby>指<rt>zhǐ</rt></ruby> <ruby>大<rt>dà</rt></ruby> <ruby>动<rt>dòng</rt></ruby>

食指大动

　　有一天，郑国的大夫公子宋和公子归生一块儿去上朝。公子宋的食指忽然跳动起来，他伸着手给归生瞧。归生瞧了瞧，说："怎么啦？你这个指头哆里哆嗦的，是不是抽筋了？"公子宋打着哈哈说："这个手指头一跳，就有好东西吃了。"归生听了，笑了笑，也就算了。他们到了大厅，就瞧见一只大鼋（yuán）拴在那儿。问了问当差的，才知道是国君预备给大臣们吃的。两个人不由得全笑了。可巧郑灵公出来，瞧见他们两人笑得前仰后合的，就问他们："你们俩怎么那么高兴？"归生指着公子宋，回答说："刚才他的手指头直跳，说有美味到嘴，我还不信。现在瞧见了这只大甲鱼，又听说是主公赏给臣下吃的。觉得他的手指头可真灵，所以笑了起来。"郑灵公撇了撇嘴，故意开玩笑，说："手指头灵不灵还不一定呢！"

到了下半天，郑灵公特意叫大臣们进去，按次序坐下，郑灵公开口说："有人在江汉一带逮了个大鼋来，献给我。这是挺难得吃到的东西，请大家伙儿尝尝味道。"大臣们咽了口唾沫，谢过国君。没多大一会儿，厨子端上甲鱼羹来，先给郑灵公一碗，灵公吃了一口，说："嗬！真不错！"回头对厨子说："每位一碗，从下位送起。"厨子一碗一碗地端上来。端到最后两个最高的座位，厨子禀告说："只剩下一碗了，端给哪一位？"郑灵公说："给子家吧！"（公子归生，字子家）这么一来，大臣们全吃着了，单单短了公子宋的一份。郑灵公哈哈大笑，他说："我原来说每人一碗，没想到轮到你这儿，可巧没有了，这也是命该如此。可见你的手指

染　指

　　郑灵公请大臣们吃甲鱼汤，偏偏到公子宋这儿少了一碗，公子宋一气之下跑到郑灵公的鼎里用手指蘸了甲鱼汤吃，《左传》中称其"染指于鼎"。"鼎"是周朝天子和诸侯吃饭的用具，天子吃饭时用九个鼎，诸侯吃饭时用七个鼎，这是身份的象征。公子宋染指于郑灵公的鼎，这显然是僭越了等级，不把郑灵公放在眼里。后来染指的意思就引申成了插手不该自己管的事，获得自己不该得到的利益。

头并不灵！"公子宋已经在归生跟前说了满话，现在大家伙儿全分到了，偏偏没有他的，叫他在众人面前怎么受得了？他的心跳得都快出了腔子，脸红得发紫。再说郑灵公哈哈一笑，就好像火上加油，他跳了起来，跑到国君跟前，把手指头戳到郑灵公的碗里，蘸了一蘸，一边放在嘴里一咂，一边也来个哈哈笑，说："我也尝到了。我的手指头到底是灵的。"说着就跑了。郑灵公气得呼呼喘，骂着说："简直不像话！敢欺负我？哼！你瞧着吧！"归生和别的大臣全跪下来，说："他跟主公向来挺热乎，这回是太没有规矩了，可是他绝不是成心失礼。请主公原谅他吧！"郑灵公听了，只好恨在心里。大伙儿不欢而散。

归生出了朝堂，心里很痛快。他和郑灵公的兄弟公子去疾向来挺好，有心要废去郑灵公，立公子去疾为国君。一来他没有这个胆量，二来公子宋和郑灵公挺亲密，归生不敢下手。今天一瞧公子宋和郑灵公闹翻了，他就打算借着公子宋的手去掐郑灵公的脖子。他又怕郑灵公和公子宋都有些小孩子脾气，今天吵、明天好，风声大、雨点小。他就把双方的火儿煽得旺些。他跑到公子宋的家里，把郑灵公犯脾气的事告诉了他，还加上一句，说："主公一定要处置您，我直替您难受。"果然公子宋骂着说："昏君自己失礼，还想处置我？"归生一瞧阴风起来了，他故意劝着说："话虽如此，他毕竟是国君，您多少得忍着点儿，明天去给他赔个礼吧。"公子宋哪儿能听这一套哇！

第二天归生拉着公子宋去见郑灵公。郑灵公坐在那儿不言语，公子宋站在那儿来个"死鱼不张嘴儿"。归生直向公子宋做手势，公子宋只当没瞧见。归生只好替他向郑灵公说："子公（公子宋，字子公）失礼，特意向主公赔礼来了。请主公饶了他吧！"说着又向郑灵公挤挤眼，努努嘴。郑灵公一看公子宋的样儿，就绷着嘴，

说："哼！他怕得罪我吗？是我得罪了他吧！"一甩袖子进去了。

公子宋出来对归生说："他恨透我了，也许还要杀我呢！俗语说得好，'先下手为强'，还不如咱们先下手吧！"归生心里点着头，表面替自己撇清，说："自个儿养的鸡、养的狗，还舍不得杀呢！别说是国君了。这可万万使不得。"公子宋也是个机灵鬼，他立刻见风使舵，笑着说："您别当真，我是说着玩儿呢！"归生听他这么一说，心里倒凉了半截，脸上的神气显得挺特别，可把心事露出来了。

第二天，公子宋索性真不真、假不假地和别人瞎聊，说归生和公子去疾怎么怎么的，说他们黑天白天怎么怎么的。归生一听，可吓坏了，私底下对公子宋说："您没有事胡说八道什么？要我命是怎么着？"公子宋说："您不向着我，就是成心叫我死。您既然叫我死，干脆我就叫您的命也搭在里头。"归生说："您要怎么样？"公子宋睁圆了眼睛，狠狠地说："他是个昏君。从分甲鱼羹这件事就能瞧出来了。您管理国家大事，就该出个主意。我说，咱们请公子去疾做国君，去归附晋国，郑国也可以太平几年。"归生急得哆嗦着嘴唇，说："您您您瞧着办吧！我我我不说出去就是了。"

公子宋只要归生点点头，就不怕了。没费多大的手脚他就把郑灵公杀了。他们请公子去疾即位。公子去疾说什么也不干。他推辞说："我们有十几个兄弟，拿岁数来说，公子坚比我大，拿品德来说，我更不行。无论如何，我决不要这个君位。"归生和公子宋就立公子坚为国君，就是郑襄公。

食指大动

出自《左传·宣公四年》："楚人献鼋于郑灵公，公子宋与子家将见，子公之食指动，以示子家，曰：'他日我如此，必尝异味。'"

食指，第二根手指。据说古人吃饭时爱用第二根手指蘸一下食物，尝一尝味道，"食指"的名称由此而来。郑国的公子宋每次吃稀有的美味前，食指都会动，据传他去楚国吃到天鹅肉，去晋国吃到石花鱼之前，食指都跳动了，他就觉得食指大动是吃美味前的预兆。

后来人们就用"食指大动"来形容在美味食物面前垂涎欲滴的样子。

ròu　tǎn　qiān　yáng

肉 袒 牵 羊

郑襄公归附了晋国。这一来，差点儿把楚庄王气坏了，他率领三军，浩浩荡荡直向郑国进发。

楚国的军队占领了郑国的叫郊，把荥阳（荥 xíng）团团围住，日夜攻打。郑襄公一心依靠着晋国，眼巴巴地等着晋国的救兵。楚国人一连打了十七天。郑国人死伤了不少，将士们咬着牙，守住城，时时刻刻盼着晋国人来救。他们的希望每天跟太阳一同升起来，又每天跟太阳一同落下去。末了，荥阳东北角的城墙给楚国人打坏了一大段，一下子倒了好几丈。全城的老百姓一齐全哭了起来。那种大喊大叫发疯似的哭声把整个荥阳城变成了地狱。男女老少只是哭着、哭着。全城的人等着给人家屠杀，或者全掳了去做奴隶。楚庄王一听到全城的哭声，立刻下令退兵。公子婴齐拦住说："咱们一连攻打了半个多月，好容易打塌了一段城墙，就该冲进城去，怎么反倒退兵呢？"楚庄王说："别这么说，郑国人已经知道咱们的厉害了。何必再用武力呢？我不愿意人家光知道咱们的厉害，咱们还得叫人家知道咱们的好心眼儿。"跟着，楚国的军队退去了十几里，让郑国人缓一口气。

楚庄王只知道好心眼儿就是好心眼儿，可不知道怎么样玩花样让人家都知道他的好心眼儿。比方说：齐桓公（桓 huán）要帮助邢国和卫国，并不立刻就动手，他得等着那两国给北狄（dí）灭了以后，才向列国诸侯大声嚷嚷，去重新建造夷仪和楚丘，这么着，人家才知

问鼎中原

传说中大禹建立夏朝时铸造了九个很重的大鼎，用来代表当时中国的九州，由此九鼎成了国家权力的象征，夏、商、周三朝的统治者都拥有这九个鼎。楚庄王三年，楚国军队很强大，从南面向北扩张领地，竟然直接打到了东周都城洛阳外面。周天子派使臣去和楚庄王周旋，楚庄王问："周天子的鼎有多重啊？我们楚国打仗剩下的钩都足够铸九个鼎了。"气势逼人的楚庄王已经有了取代周天子的想法了。成语"问鼎中原"就出自《左传》里记载的这个故事，意思是称霸某一地区或领域。

道他的好心眼儿。晋文公要收服原城，他先下命令：三天之内攻不下来，他就不要原城了，到了那一天，他还真撤了兵，大家伙儿嚷嚷出去，原城的百姓才乐意归顺他。宋襄公要用仁义去抵抗武力，他必得做一面大旗，把"仁义"两个字打出来，人家才能够瞧出他的好心眼儿。

楚庄王可玩不出来这一手。他下令退兵，谁也不知道这是他的好心眼儿，这不是白饶吗？郑襄公和那些个等着挨杀的郑国人，一瞧楚国退了兵，不说楚国人让他们缓口气，反说是因为晋国的人马到了。大家伙儿精神百倍地先把城墙修好，等着晋国人替他们去打胜仗。楚庄王这才知道郑国并没有归附的意思，就又把荥阳城包围起来。郑国人一连守了三个多月，还瞧不见晋国的人马。大家伙儿这才觉得不对头。楚国的大将乐伯率领着勇士上了城墙，杀散了守兵。另外一部分将士冲到城下，劈开城门，楚国的大队人马进了荥阳城。

楚庄王下令，不许杀害老百姓，不许抢掠财物。楚国的大军又整齐又严肃地到了大街上。迎面来了郑襄公。他打扮成罪犯的样子，披着头发，露着上身（文言叫"肉袒"），手里牵着一只羊，恭恭敬敬地来迎接楚国的军队，他跪在楚庄王面前，说："我没有好好地伺候贵国，叫大王生气，这全是我一个人的不是。现在敝国的存亡全在大王手里。要是大王看着过去的交情，还让敝国做个属国，永远伺候贵国，这就是您的大恩大德了。"一边说着，一边直流眼泪。公子婴齐恐怕楚庄王耳软心活，就提醒他，说："郑国直到打得顶不住了才投降。这种投降绝不是出于真心。大王今天要是饶了他，让他归附，明天晋国人一到，得，他又背叛起来，那多麻烦哪！不如干脆把郑国灭了，省得以后再麻烦。"楚

庄王可比公子婴齐精明得多了。他知道一时不能把郑国灭了，乐得答应郑襄公把郑国收为属国。

楚庄王立刻下令退兵三十里。郑襄公带着几个大臣到楚国兵营里再要求楚庄王让郑国归附。楚庄王同他们订了盟约以后，带着大军回去了。

肉袒牵羊

这个典故出自《左传·宣公十二年》："郑伯肉袒牵羊以逆，曰：'孤不天，不能事君，使君怀怒，以及敝邑，孤之罪也。'"

袒，脱去或敞开上衣，露出（身体的一部分）；牵羊，牵着羊，表示犒劳军队。敞开衣服露出上身，牵着羊犒劳军队，这是古代战败时的投降仪式。楚国和郑国开战，楚国破了郑国的都城，郑襄公肉袒牵羊向楚庄王表示臣服。

后来，当失败的一方向胜利的一方诚心诚意地表示屈服的时候，人们就会用到这个成语。

jié　cǎo　xián　huán

结草衔环

晋国吞并了潞国，不料秦国不肯罢休，派了大将杜回赶到潞国来跟晋国人拼个死活。

杜回是秦国有名的大力士，晋国将军魏颗不是他的对手。不说别的，杜回那一把开山大斧就有几十斤重。他带着三百名勇士冲到晋国兵营来，上劈将士，下砍马腿，直杀得晋国人东奔西逃。魏颗只好下令，全军向后退了几十里。晋国人连夜堆起土垒，打算死守。第二天，杜回和他的刀斧手又来挑战。晋国人只是缩着脑袋躲在土垒里。秦国人一连骂了三天，魏颗始终不敢露面。他正在那儿慌手慌脚的时候，本国又派来了一支人马，大将是魏颗的兄弟魏锜（qí）。魏锜对他哥哥说："主公怕赤狄联合秦国跟咱们为难，特地派我再带些人马来。"

秦国的由来

秦国的祖先曾经帮助大禹治过水，还给舜养过马，舜就赐给他们嬴姓。周穆王时期，嬴姓祖先因为善于养马而成为大夫，被封到中国西部边缘的秦地，与西戎对抗，为周朝守护西面的边境。这时的秦国还只是附属小国，称不上诸侯。周平王的时候，秦国全族护送他东迁到洛阳，立下了护驾之功，才被封为伯爵，从此正式成为诸侯国。这时候的秦国依旧是边陲小国，实力不强，也被其他诸侯国看作蛮夷，艰险的生存环境塑造了秦人坚忍自强的地域性格，到了秦穆公时开始有了争霸的实力。商鞅变法后的秦国就越来越强大了，被其他诸侯称为虎狼之国。

魏颗说："赤狄倒无所谓。秦国的大将杜回可真了不得。我这儿正想请求救兵呢！"魏锜撇着大嘴，说："怕他什么！明儿个我去瞧瞧，非逮住他不可。"

太阳刚一出来，露水还没干呢，魏锜就要出去叫战。魏颗拦着他说："好兄弟，你先别忙。你昨天才来，多少也得休息一天，先商量商量怎么去对付他那大斧子。"魏锜不信大斧子会比长矛厉害，他勉强耐住了性子，听他哥哥的话，待在营里。没想到杜回又来叫战。魏锜可真沉不住气了，带着那队兵车，就向秦国的军队冲过去。杜回这群刀斧手好比是一群小鹿给打猎的惊散了似的，四面八方乱跑。魏锜一想：原来都是不中用的家伙，就下令叫士兵们分头去追。突然一声哨儿响，杜回的三百名刀斧手立刻又排成了队伍。魏锜的队伍可早已乱了。杜回和这一班魔王大刀阔斧地乱杀滥砍，像是一个大旋风。魏锜的兵车哪儿有杜回的步兵那么灵活。乱了队伍的兵车三转弯两转弯，彼此相撞，反倒成了碍事的东西。大家伙儿只好扔了车，各自逃命。幸好魏颗救兵来得快，总算没有全军覆没。

那天晚上，魏颗左思右想，闷闷不乐，简直一点儿主意也没有了。忽然士兵们领着一个糟老头子来见他，说跟将军是同乡，来献计的。魏颗挺恭敬地说："老大爷，您有什么高见？"那个老头儿说："他们那边全是步兵，您这边全是兵车。您就从这点不同的地方想主意吧！"魏颗说："我想不出好主意来。老大爷您说说吧！"老头儿说："离这儿十里地，有块荒地叫青草坡。将军您可以先在那儿埋伏下将士，跟着再引杜回的步兵进入青草坡。到那时候，我自有办法帮助你们。"魏颗点了点头，说："不妨试一试。"老头儿说："我还得去准

备准备。"他就回去了。

到了第二天，魏颗照着老头儿的办法布置好了，自己带着一队人马向青草坡退下去，秦国人果然追过来了。魏颗一边抵挡，一边向后退，把杜回一步一步地引到青草坡。忽然鼓声震天，埋伏的士兵全出来了，把杜回团团围在青草坡里。他可一点儿不害怕，抢着开山大斧，横砍竖剁，只想杀人。魏颗一瞧他在草地里来回跑，跟在平地上差不多，不由得慌了，心里说："老大爷的主意吹了。"他正在那儿出神的时候，就瞧杜回一步一摔，在地上立不住脚。这下子可把魏颗瞧愣了。仔细一瞧，原来那老头儿正蹲在地上把青草打好了扣。他一大早就偷偷地把尺来长的草互相结着，已经把大部分的青草坡编成了地网。这时候还在那儿打扣呢！杜回压根儿也琢磨不出为什么草会扯住他的腿。他还以为有什么冤鬼来捉弄他呢。这么一想，立刻就害怕起来，急急忙忙地跑了！谁想到不跑还好，一跑就给青草绊了个大跟头。爬起来再跑，又给绊倒。魏颗、魏锜一瞧他立不住脚，就驾着兵车赶到那儿，双戟一块儿下去，把那个大力士活活地戳死了。剩下的刀斧手一瞧主将死了，就四散奔逃，大半全给晋国人杀了。那老头子也受了重伤，看着活不了啦！魏颗把他抱到车上，带回营里去。

魏家哥儿俩非常感激那位老大爷，对他说："全仗着老大爷出力，真叫我们感恩不尽。"他喘着气说："不，不！我是来报恩的。"魏颗说："这话打哪儿说起？我对您老人家有什么恩？"老大爷已经不能再开口了。他换着气用最后的一口气说："我……我就是祖姬的父亲哪！"说完了这句话，就断了气了。魏家哥儿俩一听说他是祖姬的父亲，全哭起来了。

原来这哥儿俩的父亲就是当年帮助晋文公打天下的那位大名鼎鼎的魏武子魏犨（chóu）。祖姬是魏犨最宠爱的姨太太。粗鲁的武人可很懂得爱情。他曾经吩咐过他儿子魏颗，说："祖姬是我最心爱的人儿，我每回出去打仗，老是抱定有去无回的决心。我要是给人打死了，你得叫祖姬另嫁别人，可别叫她年轻轻地守寡。她有了安身之处，我就是死了，也可以放心了！"后来魏犨得了重病，临死的时候，改变了主意。他对魏颗说："祖姬是我心上人儿，我死了以后，你们把她跟我埋在一块儿，让我在地下也有个伴儿。"说完了话，就死了。魏锜打算把祖姬殉葬（殉葬，一种古代社会的风俗，就是把活人和死人埋在一块儿）。魏家的人当然赞成，一来是老头子的遗嘱，二来夫人老把姨太太当作眼中钉、肉中刺，恨不得找个茬儿去了她。祖姬好比是屠夫手下的一只小绵羊，叫也叫不出来，流着眼泪，直打哆嗦。魏颗可反对这么办。他说："父亲一向叫咱们把她再嫁出去。临死才说要她殉葬。可是我们应当知道父亲平常说的话是明白人说的明白话，后来说的话是病人说的糊涂话。咱们做儿子的应当听从父亲的明白话，那种糊涂话，何必听呢！"大家伙儿一听大公子这么说，乐得顺水推舟地奉承新主人。魏颗就把那个年轻的姨娘嫁出去了。祖姬的父亲因为这个，非常感激他，老打算报恩。这回真是天从人愿，帮助了魏颗在青草坡杀了杜回。这就叫"结草报恩"。

结草衔环

结草的故事出自《左传·宣公十五年》。意思是将草打上结，用来绊倒敌人，搭救恩人。

衔环的故事出自古代志怪小说《续齐谐记》，后来被注引在《后汉书·杨震传》里。东汉时期有一个著名的清官叫杨震，他的父亲杨宝小时候有一段奇遇。杨宝九岁那年，救下一只黄雀。黄雀伤愈后飞走了，一夜黄衣童子入杨宝之梦，说自己是西王母的使者，为报答杨宝救命之恩，送给他白环四枚，保佑其子孙位列三公，为政清廉，如同这四枚白环一样高洁尊贵。果然，杨宝的子孙四代都官至太尉，清廉不阿。

后来把结草和衔环的故事放在一起，表示知恩图报，一生不忘。

yōu mèng yī guān
优孟衣冠

楚国的令尹孙叔敖（áo）得了重病。临死的时候，嘱咐他儿子孙安说："我已经写好了一个奏章，你可以递上去。我死之后，你还是回到乡下去种地吧。可千万别再做官，也别受封。万一大王要封给你一块地的话，你就请求他把那块没有人要的寝丘封给你。"他说完了，就咽了气了。孙安把他父亲的奏章递上去。楚庄王一看，上面写的大意是：

承蒙大王提拔，像我这样一个乡下种地的人居然当了令尹。可惜我没有多大的功劳来报答大王的恩典。现在我能够在大王的保护之下死去，真是非常荣幸。我只有一个儿子，可是他的才学太差，不配在朝廷上伺候大王。请求大王让他回到乡下去。

晋国历来是中原诸侯的盟主，这回虽然打了败仗，大王可别小瞧它。连年的兵荒马乱，闹得老百姓难过日子。大王要爱护他们，让他们能够过太平的日子。

临死忠言，请大王鉴察！

楚庄王看完了奏章，流着眼泪，说："孙叔敖至死不忘国家，真是难得。只是我没有那么大的洪福，老天爷把我的帮手夺了去。唉，多么可惜呀，多么可惜呀！"他就上孙叔敖家去，哭了一场。随从的大臣没有一个不掉眼泪的。

楚庄王好几天吃不下饭去，也不爱说话。好几回一个人背地里叨念着孙叔敖。有时候，自言自语地叹着气，说："老天爷夺去了我的帮手！"他不光少了一个帮手，简直掉了魂似的。他打算拜孙安为大夫，孙安一个劲儿推辞，非要回老家去不可。楚庄王没法儿，只好随他去了。

孙安回到了乡下，就靠种地过日子。他也不去看望官儿们，官儿们也不去过问他。他变成了一个地地道道的庄稼汉，好像他爸爸没做过大官似的。有一天，也真凑巧，孙安正打柴回家，给优孟碰见了。这个优孟，是楚庄王跟前唱歌、说笑话的一个小丑，平日说说笑笑，逗逗眼，专给国王解闷。那天他瞧见孙安穿着一身破衣裳，简直像个要饭的。他问孙安："你怎么混到这步田

优　谏

"优"是在宫廷里为君主表演的专职艺人，他们通过幽默的语言和惟妙惟肖的动作模仿等表演方式，来劝谏君主，小人物说大事，有时候比臣子劝谏更有效果。优孟就是春秋时期楚国很有名的表演艺人，孟是他的姓，他曾多次用表演的方式劝谏楚庄王。楚庄王刚刚即位的时候，沉迷声色，不爱干正经事。当时他特别喜欢一匹马，给它穿最好的衣服，吃最好的食物，住在宫殿里。后来，这匹马吃得太胖得病死了，楚庄王很伤心，决定用安葬大臣的礼节来厚葬这匹马，大臣们都劝不动楚庄王。优孟就站在门口号啕大哭，楚庄王问他怎么了，他说："不如用君王的礼节厚葬这匹马吧，反正在你眼里马也比人贵重。"楚庄王听了很惭愧，最终没有厚葬这匹马。

地？真的自个儿动手干活吗？"孙安说："先父当了几年令尹，家里一点儿东西也没留下。如今他去世了，我要不这么干力气活儿怎么能活着呢？"优孟叹息了半天走了。他这回见了孙安，一面想起了孙叔敖，一面替孙安不服气。他做了一身像孙叔敖活着的时候常穿着的衣帽，自己穿戴起来，天天在家里学孙叔敖的举动跟说话，居然给他学得一模一样。

有一天，宫里摆席请客，楚庄王老是皱着眉头，没精打采的。大家伙儿想叫他散散心，就叫优孟唱歌，说说笑话。优孟嬉皮笑脸地说："今儿个我有个新鲜玩意儿，献给大王瞧瞧。"说着，他就退下去，赶紧打扮起来。另外他又找了个帮手，打扮的跟楚庄王一样，叫他先上台去。那个扮楚庄王的人就在台上演开了，做出想念孙叔敖的样子，叹着气，说："孙叔敖，你至死不忘国家，真是难得！只是我没有那份洪福，老天爷夺去了我的帮手！唉，多么可惜呀！多么可惜呀！"楚庄王一听，心里像刀子挖似的，跟着眼泪就掉下来了。台上的楚庄王又说："孙叔敖，我想你想得厉害呀，你能叫我再瞧你一回吗？"话刚说完，优孟扮着孙叔敖出来了。他刚走了几步，楚庄王疯了似的跑上台去，说："你没死吗？可把我想坏了！"他揪着优孟的袖子不撒手。优

145

孟说："你别弄错了，我是假的！"楚庄王这才明白过来了，说："不管你是真是假，我都拜你为大夫。"优孟说："不干！要当就当个赃官！"楚庄王觉得奇怪，问他是什么意思。优孟说："请大王听我唱一个歌，您就明白了。"他就脱下了孙叔敖的衣裳，唱着：

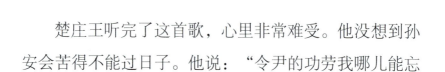

> 贪官污吏多荣耀！
> 子孙不愁穷，
> 有的是，民脂和民膏；
> 公而忘私就糟糕，
> 你只看——
> 楚国令尹孙叔敖，
> 苦了一生，
> 身后萧条；
> 子孙尤其苦，
> 没着没落没依靠；
> 劝你不必做清官，
> 还是贪官污吏好！

楚庄王听完了这首歌，心里非常难受。他没想到孙安会苦得不能过日子。他说："令尹的功劳我哪儿能忘

了呀！"他立刻打发优孟去找孙安。孙安跟着优孟来见楚庄王。楚庄王瞧见他一身破衣裳，两只烂草鞋，不由得鼻子一酸，问他："你怎么混到这个样子？"优孟替他说："不这么着，怎么能瞧出孙叔敖的公而忘私呢？"楚庄王想叫孙安做官。孙安说什么也不答应。楚庄王说："那么我封给你一座城吧。"孙安再三推辞。楚庄王说："你这么固执，叫我太难受了！"孙安只好央告说："大王要是看在先父面上，非要封我一块地不可的话，就请把寝丘赏给我吧。"楚庄王说："寝丘？这块不起眼儿的地要它干什么？"孙安说："这是当初先父临死时候的意思，别的地方说什么也不敢要。"楚庄王只好答应了他，把寝丘封给他。这块薄沙地谁也不想要，孙叔敖的子孙这才得以辈辈掌管着。

优孟衣冠

出自《史记·滑稽列传》。

　　优孟穿着孙叔敖的衣服，戴着他的帽子，模仿他的动作神态来演戏，借此提醒楚庄王莫忘贤臣。

　　后来这个成语引申为演员登台演戏，也可以用来指扮作古人的样子，或模仿别人。

赵氏孤儿

zhào shì gū ér

    晋景公当上了中原诸侯的领袖，两只眼睛慢慢地挪到脑门子上去了。这一类的君主总是喜欢奉承的。那些年老的大臣士会、郤克（郤 xì）他们接连着全去世了。这么一来，那个顶会奉承人的能手屠岸贾，可就得了宠。

    屠岸贾本来和赵家有仇。他五次三番想谋害赵盾，可是都没办到。后来赵盾虽然死了，可是赵朔、赵同、赵括、赵旃（zhān）他们的势力挺大，屠岸贾没有法子，不敢得罪他们，背地里可跟着栾（luán）家、郤家连成了一气。现在他得了上头的宠用，可就横挑鼻子竖挑眼地专找赵家的毛病了。晋景公眼瞅着赵氏宗族强盛，本来就很担心，早就想借着这个因由把他们治罪，可不敢下手，只好闷在心里，现在屠岸贾排挤赵家，正合了他

149

元杂剧《赵氏孤儿》

主题和内容都蕴含特别丰富的赵氏孤儿这个故事流传到元代时，终于被艺术家写成剧本搬到了舞台上，又名《冤报冤赵氏孤儿》或《赵氏孤儿大报仇》，作者是纪君祥。这出元杂剧极具中国古典悲剧的特点，那种毫不畏惧、坚持不懈地与恶势力斗争的不屈精神，被传播到城市的每一条胡同，旷野中的每一个乡村，深入到中国人的内心。《赵氏孤儿》与关汉卿的《窦娥冤》、马致远的《汉宫秋》、白朴的《梧桐雨》并称中国古典元杂剧四大悲剧。

的心意。他就对屠岸贾说："惩办他们也得有个名义。"屠岸贾说："当初赵盾派出赵穿来，在桃园把先君灵公刺死，这个罪名还小吗？"晋景公心里同意，可是嘴里还不敢说出来。他怕的是孤掌难鸣，一下子弄不倒他们，事情更难办，就偷偷地探听栾家和郤家的意见。这两家正想建立自己的势力，他们既然存着这个念头，哪儿还能替赵家说情呢？朝中的大臣们除了韩厥（jué）之外，一多半都怕赵家的势力，和栾、郤两家的心理一样。

晋景公有了栾、郤两家做他的后盾，胆子可就壮起来了。他吩咐屠岸贾去查抄赵家。

屠岸贾得了命令，亲自带着军队把赵家的各住宅全都围上，把赵同、赵括、赵朔、赵旃各家的男女老少，杀得一干二净。屠岸贾一检查赵家被杀的人名，单单少了一个赵朔的媳妇儿庄姬。那庄姬是晋成公的女儿，晋景公的妹妹。这时候正赶上她怀着孕，躲在母亲成夫人的宫里。屠岸贾请求国君让他上宫里去杀她。晋景公说："母亲顶喜欢她，算了吧。"屠岸贾说："她倒不妨免了罪，可是听说她快生孩子了，万一生个小子，给赵家留下逆种，将来必有后患。"晋景公说："要是生个小子的话，再把他杀了也不晚。"

屠岸贾天天探听庄姬坐月子的消息。赵家的两个家臣也在暗中探听消息。那两个家臣还是去世的老相国赵盾的心腹，一个叫公孙杵臼（chǔ jiù），一个叫程婴。他们两个想救这孤儿的心正跟屠岸贾要杀这孩子的心一样地着急。按照当时的规矩，一家的主人灭了门，他的家臣们不是遭到屠杀，就是被没收为奴隶。漏网的人们不把原来的主人一家恢复过来，自己就永远没有出头的日子。再说公孙杵臼和程婴又是老相国的心腹，平日正当正派，很讲道理，见着屠岸贾这么横行霸道，都为赵氏打抱不平。因此，他们决心要救赵氏的孤儿。后来宫里传出话来，说庄姬生了个姑娘。公孙杵臼哭得躺在家里不能起来。他一见程婴来了，就说："完了！赵家算完了！一个丫头可有什么用呢？赵朔曾经跟我们说过，'要是添个小子，起名叫赵武，武人能够报仇；要是生个姑娘，叫赵文，文的没用。'现在赵家连个报仇的人都没有了。天哪！"程婴安慰他，说："也许宫里要救这孩子的命，成心说是姑娘也难说。我再去打听打听吧。"他就想办法拉拢宫女，给庄姬通个信儿。庄姬知道程婴可靠，就偷偷地给他写了个字条。程婴拿来一瞧，上头只有一个字。他急忙跑到公孙杵臼的家里，两个人四只眼睛死盯着那个字，真是个"武"字。两个人高兴了一阵儿。可是一想到赵武的性命，又难受起来了。程婴说："上月我媳妇儿也生了个小子。我情愿舍去自己的儿子去救赵氏孤儿。"公孙杵臼摇摇头，说："说倒容易，可是屠岸贾多么狡猾，你就是把自己的婴儿献上去，他准能猜着这不是赵氏孤儿。"他们只能叹气，实在想不出办法来。屠岸贾哪儿能轻易放过这个孩子呢？

果然，屠岸贾不信这孩子是女的。他打发一个奶妈上宫里去瞧一瞧到底是姑娘还是小子。奶妈回来报告说，真是个姑娘，已经死了。屠岸贾更起了疑。他得到晋景公的许可，亲自带了手下的人上宫里去搜查。搜来

搜去，怎么也搜不出来。他断定那个孩子早就给人偷出去了，就出了一个赏格，说："有人报告赵家孤儿的信儿的，赏黄金一千两；谁敢偷藏的，全家死罪。"同时，他另外派了好些人上各处去搜查。赵氏孤儿倒是真给程婴和公孙杵臼抱出来了，可是藏到哪儿去呢？他们两个人逃到树林子里偷偷地商量着救护孤儿的计策。公孙杵臼问程婴："扶助孤儿和慷慨赴死哪一件难？"程婴说："死倒是容易，扶助孤儿可就难了。"公孙杵臼说："我老了，请你担任那件难事，容易的让给我吧。"他们就这么决定了。程婴把自己的婴儿交给公孙杵臼，把赵氏的孤儿另外找个地方暂时藏着。

程婴亲自去见屠岸贾，对他说："我跟公孙杵臼是赵家的门客。这回，庄姬添了一个儿子，当时打发一个奶妈把他抱了出来，叫我们两人偷着喂养。我怕日后给人家告发，只好出来自首。"屠岸贾说："孤儿在哪儿？"程婴说："现在还在首阳山后头。立刻就去，准保搜得着。要是再过几天，他们可就要跑到秦国去了。"屠岸贾说："你跟着一块儿。搜到了，赏你千金；要是你骗我，就有死罪。"程婴就领着屠岸贾和一队武士上首阳山去了。

弯弯扭扭地走了好些山道，直到山背后，瞧见松林缝里有几间草棚。程婴指着说："就在这里头。"程婴先去敲门，公孙杵臼出来，一见外边有武士，就想藏起来。屠岸贾说："跑不了啦。好好地把孤儿献出来吧。"公孙杵臼挺纳闷地问他："什么孤儿？"屠岸贾就叫武士们仔细搜查。他们进去一瞧，小小的几间草棚，简直没有可搜查的地方。他们就退出来了。屠岸贾亲自进去，也瞧不出什么来，仔细一瞧，后头还有一间屋子，锁着门。他劈开了门，一瞧，黑咕隆咚的不像住人的样子。他瞪着眼睛往里瞧，慢慢地发现了一些东西，隐隐约约好像有一个竹榻，上头好像搁着一个衣裳包。他拿起那个衣裳包一瞧，原来是一个绣花绸缎的小被卧，裹着一个小孩儿。

屠岸贾得着了仇人的后代根子，赶紧提了出来，看个明白。公孙杵臼一见，挣扎着过去就抢，可是旁边有人架着，不能动弹。他急得拽乱了头发，提高了嗓门骂程婴，说："程婴！该死的东西，你还有天良吗？你为了贪图千金重赏，变成了畜生！你怎么对得起赵家的主人哪？你怎么对得起天下的忠臣义士呢？"程婴不敢开口，只管低头流眼泪。公孙杵臼又指着屠岸贾骂道："你这个小人，为非作歹，横行霸道，瞧着你能享受一辈子荣华富贵……"屠岸贾不许他再骂下去，立刻吩咐武士把他砍了。他又拿起那个哇哇哭着的孩子往地上一摔，一条小性命就这么断送在他手里。

屠岸贾回来，拿出一千两金子赏给程婴，程婴流着眼泪央告着说："小人只想自己免罪，不得已才做出了这件忘恩负义的事，实在并不是贪图重赏。要是大人体谅小人的苦处，请大人把这一千两金子作为掩埋赵家孤儿和公孙杵臼的尸首用，小人就感恩不尽了。"屠岸贾说："你真是个好人。就这么去办吧。"程婴磕了个头，接过金子来，急忙去办理掩埋尸首的事。

人们只知道程婴害死朋友，害死孤儿，他虽然没贪图金子，但早就给人家背地里指着脊梁骨骂够了。只有司马韩厥知道他们的计划。

晋景公死了以后，晋厉公做了君主，又铲除了郤家的势力。晋国的其他势力都很害怕，就联合起来杀掉晋厉公，拥孙周为国君，就是晋悼公。晋悼公倒是一个有才干的国君，当时就查办乱臣，起用好人。他非常信任韩厥，拜他为中军大将。韩厥抓住机会提起当初赵衰、赵盾的功劳，和后来赵家遭受到的冤屈。晋悼公正担心屠岸贾的势力太大，就打算借着替赵家申冤的名目把他压下去。他说："我也想到过这回事，可不知道赵家还有没有后辈？"韩厥说："当初屠岸贾搜寻孤儿，非常紧急，赵家的家臣公孙杵臼和程婴俩人想一个法子把孤儿赵武救出去了，现在赵武已经十五岁了。"晋悼公说："哦，原来他也长大了！快去把他找来。"

　　韩厥亲自去接赵武和程婴。晋悼公把他们藏在宫里，自己装病不去临朝。大臣们听说国君不舒服，都上宫里去看望，屠岸贾也在里头。晋悼公一见大臣们都来齐了，就说："你们也许不知道我得的是什么病吧。我因为有一件事情不明白，心里非常难受。当初赵衰、赵盾，为了国家立过大功。谁都知道他们一家忠良，怎么忠良的大臣会没有一个传宗接代的人呢？"大伙儿听了，都叹着气，说："赵家在十多年前已经灭了族了，哪儿还有后辈呢？"晋悼公就叫赵武出来，向大臣们行礼。大伙儿就问："这位少年是谁？"韩厥回答说："他就是赵家的孤儿赵武，当初那个被害的小孩儿是赵家的家臣程婴的儿子。"屠岸贾听了，吓得魂儿都没了，瘫痪在地下，直打哆嗦。晋悼公说："不把屠岸贾杀了，怎么对得起赵家的冤魂呢？"他立刻吩咐武士们把屠岸贾砍了，又吩咐韩厥跟赵武带着士兵抄斩屠岸贾全家。赵武把屠岸贾的脑袋拿去祭奠他父亲赵朔。

　　晋国的人听说国君把屠岸贾治了罪，起用了赵武，都说新君是位贤明的君主。说真的，晋悼公孙周不光替赵家申了冤，报了仇，他对国家大事还真加劲儿地整顿。他为了叫老百姓听他的命令出去打仗，再兴霸业，就对老百姓做了一些让步。他下令减少劳役，减轻税负，免去老百姓欠公家的债，救济穷人，释放大批的囚犯。同时开发富源，操练兵马。这些事都做得挺好。邻近的诸侯全都归顺了他。这么一来，晋国就又强盛起来了。

赵氏孤儿

这个典故出自《左传》。

赵氏孤儿就是赵武，是晋国权势极大的赵氏家族仅剩的血脉，程婴等人为了保护赵家最后的孩子，不惜牺牲生命与亲人，百折不挠地与奸臣斗争，最后终于保住了赵氏孤儿，让赵武长大成人，为晋国重用。

三家分晋后，赵氏家族建立了赵国，成为战国时期的强国之一。

这个故事中包含着中华民族独特的忠义、侠义精神，结局是人们喜闻乐见的大团圆，因此这个故事千古流传，深入人心，一直作为宝贵的历史、艺术素材被艺术家们不断地改写、延续。

时光之箭

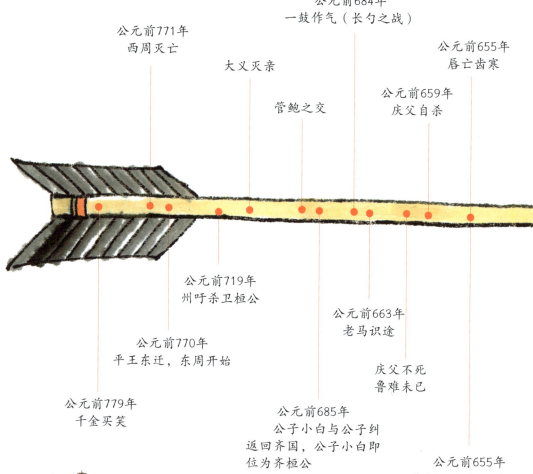

公元前684年
一鼓作气（长勺之战）

公元前771年
西周灭亡

公元前655年
唇亡齿寒

大义灭亲

公元前659年
庆父自杀

管鲍之交

公元前719年
州吁杀卫桓公

公元前663年
老马识途

公元前770年
平王东迁，东周开始

庆父不死
鲁难未已

公元前779年
千金买笑

公元前685年
公子小白与公子纠
返回齐国，公子小白即
位为齐桓公

公元前655年
晋献公之女穆姬嫁秦穆公
秦晋之好开端

公元前639年
衣裳之会

公元前630年
烛之武退秦师

公元前593年
结草衔环

公元前636年
秦穆公护送
公子重耳回晋
国，即位为晋文
公

公元前627年
牛饩退敌

公元前597年
肉袒牵羊

公元前610年
一鸣惊人

优孟衣冠

易牙烹子

公元前643年
齐桓公薨

公元前613年
楚庄王即位

公元前593年
楚国名臣孙叔敖去世

公元前628年
晋文公薨

公元前605年
郑灵公被杀
食指大动

公元前591年
楚庄王薨

公元前638年
宋襄之仁

公元前632年
城濮之战
退避三舍

追忆我的爷爷——林汉达

林力平

　　我是爷爷的长孙，生于 1954 年。我和爸爸妈妈、爷爷奶奶一同生活在西单辟才胡同 10 号的四合院里，其乐融融。到了 1961 年，我开始上小学。在和爷爷朝夕相处的日子里，尽管我还是个孩子，也受到了他老人家很多影响。

　　记得我上小学四年级的时候，在周日的上午，爷爷经常邀请其他几位爷爷奶奶来家里做客。听我母亲说，爷爷邀请来的都是著名语言学家和表演艺术家们。有几次，我溜边儿坐在了墙角的小板凳上，两手托着腮帮，想听听这些爷爷奶奶到底在聊些什么。

　　客厅里坐满了人。一开始，他们会讨论词语：这些词为什么同音异义？那些词又为什么一词多意？时常争得非常热烈。有时又会讨论起方言：为什么上海人"头、豆"不分，"黄、王"不辨？为什么普通话没有这种现象？爷爷由此经常提起推广汉语拼音的必要性。等到吃饭的时候，时而这位爷爷来段评书，时而那位奶奶来段京剧。他们来上一段就骤然停下，互相探讨起评书、京剧中词语的特殊用法，接着再来下一段。我对国粹艺术的喜爱，大概就源自那些个说说唱唱的周末午后吧。

　　我最爱听的是快板书。爷爷讲不同节奏的竹板打法，就会产生不同的韵味，而不同的韵味可以用不同的方言来表达。我依然清晰地记得，自己跟妈妈闹着要去西单商场买一副竹板来学，妈妈爽快地同意了。以后在放学的路上，我总是兴奋地从书包里掏出崭新的大小竹板，迈开大步，两手打起了才学会的节拍：啪叽叽啪！啪叽叽啪！啪叽叽叽啪——叽叽啪！嘴里唱道："打竹板，迈大步，眼前来到个理发铺；理发铺，手艺高，不用剪子不用刀，一根一根往下薅，薅得脑袋起大包……"那些日子，着实过了好一阵瘾。

　　还记得我在西城二龙路上小学五年级的时候，连日风风火火地看完了一部《水浒传》，就常在自己的作文里夹上几句半文半白的话，"大喜、大惊、大怒"之类的词语，以为添了这些词儿，就一定有了长进。一天，在语文课上得到了老师的几句鼓励，心里挺高兴的。一放学，我就快步回到家里，一头栽进客厅，兴奋地把作文拿给正在写作的爷爷，心想，没准儿爷爷也能夸我几句呢！爷爷摘下花镜看了看我，微笑着接过作文稿，重又戴上花镜看了起来。不一会儿，爷爷耐心地对我说："力平，在白话文中夹用文言，不代表文章写得好，只能说明行文落后于时代。"爷爷眼瞧着桌对面的我正在发呆，就笑了笑说："以后做作文一定要语言通俗，从小养成这种习惯，可以用讲话时常用的那些短句子来表达自己

作者与爷爷、奶奶在一起

的想法，这样才能写出通顺的文章。"我懵懂地点了点头，爷爷看我好像听懂了一点儿，就建议我读一读他写的《东周列国故事新编》。

我那年十岁，看到爷爷在书中的序言里给自己定出了三个要求，作为语文学习的方向，那就是："通俗化、口语化、规范化"。后来爷爷又补充道："所说的三点要求，只是外表，还要在内容上有三性：即知识性、进步性、启发性。"我当时还理解不了这些话。不知过了多少个春秋，重温这段话语时，才使我茅塞顿开。

两年前，编辑与我一同探讨起爷爷的通俗历史故事改编问题。我们不约而同地认为，这样一套经典的文本应该以更丰富的样子给当下的儿童留下宝贵记忆，而成语恰恰是很好的一个切入口。现在，这些陪伴了我一个童年的历史故事要重新整理，以成语故事的形式出版了，我感到欣喜又温暖。欣喜的是，过了半个世纪，爷爷的历史故事仍在以全新的面貌影响着现在的孩子。温暖的是，我可以借着这套书，重拾起与爷爷相处的细碎记忆。

爷爷那一丝不苟、严谨治学的优秀品格；充满理性、富于睿智的教育思想；幽默风趣、文如其人的写作风格；胸怀坦荡、表里如一的君子品性，值得我们代代传承。

林力平，林汉达长孙。现任中国文艺评论家协会理事、民进中央文化艺术委员会委员、北京市朝阳区政协委员，曾任中国舞蹈家协会理论研究部主任。

千古兴亡事，一书一画中

王晓鹏

很庆幸，行走插画之路，会遇到像《林汉达成语故事》这样的一套书。

最初，我跟编辑老师商定画一套春秋战国史。文字上不戏说，图画上不逢迎，以简约朴素之态，还原一段真实的历史进程。

中国历史故事需要匹配中国绘画语言。当编辑提出用传统中国画来诠释的时候，我们都陷入沉思与困顿。用水墨画历史，当下的图书绘本市场尚属空白，孩子们能否理解计白当黑的构图呈现？家长能否接受皴擦点染的视觉传达？

说服我们的只有两点：文稿作者是已故学者林汉达先生，著名的教育家、文字学家、史学家。他的文字尊重史实，深入浅出带领孩子们了解历史发展进程；绘画语言选用传统水墨，以形写神，潜移默化教给孩子们体会中国独特的造型观和境界观。

百战旧河山，古来功难全。

面对千古兴亡事，在人物创作上，我不想做脸谱化处理。更多的，我会站在历史角度去重新认知每一位国君，每一个朝臣的人生境遇。

诸如伍子胥，过韶关一夜急白头，可怜；掘墓鞭尸倒行逆施，可叹；

成吴霸业挖眼自尽，可敬。

再如费无极，行事固然小人做派，但能成为楚平王的宠臣，外貌绝不可能獐头鼠类。所以，纵是画奸臣我也不想獐头鼠目，而是做多个造型，或面慈心恶，或满脸城府，或筹谋在握，或伪扮无辜。多方比较，最终权衡，择取最适合其人性的版本。

无数的废稿和最后的"费无极"

古月照今尘，人事已成非。

历代君王朝臣距离我们年代已远，真实相貌无可考究，我只能查找资料，最大限度的还原历史。

诸如孙膑，我参照的是明代遗留的画像与小说绣像的综合。

明代遗留的孙膑画像

诸如西门豹，我参照的是临漳县邺令公园的西门豹雕像。

诸如信陵君，我参照的是东周人物绣像。

创作的过程是推翻与再造的循环反复，通常都是废纸一堆，成品寥寥。根据故事内容，先做铅笔草图，细思量，再琢磨，反复调整至满意时，再以生宣墨线勾描点皴，应物象形。黑白线稿确定后，继以传统国画颜料朱砂、石绿、赭石调以淡墨，随类赋彩。

铅笔草图　　墨线勾描　　随类赋彩

如今，这套《林汉达成语故事》春秋战国部分已上市，共分三册：《藏在春秋的成语》《隐身战国的成语》《躲在秦朝的成语》。看画学史，亲子共读。

一书在手，平生塞北江南，眼前万里江山。

王晓鹏，职业儿童插画家。倾力于将中国传统文化和元素植入当代儿童插画，以水彩、水墨为载体，营造清澄、纯真的童话意境。代表作有《传统节日里的故事》《汉字里的故事》等丛书。

成语 大闯关

这本书里有多少个成语？你知道下面这些成语或典故的意思吗？你会正确地运用它们吗？快来接受考验吧！

千金买笑

这个成语出自：_____

故事里的关键人物是：_____

它的意思是：_____

大义灭亲

这个成语出自：_____

故事里的关键人物是：_____

它的意思是：_____

管鲍之交

这个成语出自：_____

故事里的关键人物是：_____

它的意思是：_____

一鼓作气

这个成语出自：_____

故事里的关键人物是：_____

它的意思是：_____

老马识途

这个成语出自：＿＿＿＿＿＿＿＿＿＿＿＿＿＿＿＿

故事里的关键人物是：＿＿＿＿＿＿＿＿＿＿＿＿

它的意思是：＿＿＿＿＿＿＿＿＿＿＿＿＿＿＿

庆父不死，鲁难未已

这个典故出自：＿＿＿＿＿＿＿＿＿＿＿＿＿＿

故事里的关键人物是：＿＿＿＿＿＿＿＿＿＿＿

它的意思是：＿＿＿＿＿＿＿＿＿＿＿＿＿＿＿

唇亡齿寒

这个成语出自：＿＿＿＿＿＿＿＿＿＿＿＿＿＿＿＿

故事里的关键人物是：＿＿＿＿＿＿＿＿＿＿＿＿

它的意思是：＿＿＿＿＿＿＿＿＿＿＿＿＿＿＿

易牙烹子

这个典故出自：＿＿＿＿＿＿＿＿＿＿＿＿＿＿

故事里的关键人物是：＿＿＿＿＿＿＿＿＿＿＿

它的意思是：＿＿＿＿＿＿＿＿＿＿＿＿＿＿＿

衣裳之会

这个成语出自：＿＿＿＿＿＿＿＿＿＿＿＿＿＿＿＿

故事里的关键人物是：＿＿＿＿＿＿＿＿＿＿＿＿

它的意思是：＿＿＿＿＿＿＿＿＿＿＿＿＿＿＿

宋襄之仁

这个典故出自：＿＿＿＿＿＿＿＿＿＿＿＿＿＿＿＿＿＿＿＿＿＿

故事里的关键人物是：＿＿＿＿＿＿＿＿＿＿＿＿＿＿＿＿＿＿

它的意思是：＿＿＿＿＿＿＿＿＿＿＿＿＿＿＿＿＿＿＿＿＿＿＿＿

秦晋之好

这个成语出自：＿＿＿＿＿＿＿＿＿＿＿＿＿＿＿＿＿＿＿＿＿＿

故事里的关键人物是：＿＿＿＿＿＿＿＿＿＿＿＿＿＿＿＿＿＿

它的意思是：＿＿＿＿＿＿＿＿＿＿＿＿＿＿＿＿＿＿＿＿＿＿＿＿

退避三舍

这个成语出自：＿＿＿＿＿＿＿＿＿＿＿＿＿＿＿＿＿＿＿＿＿＿

故事里的关键人物是：＿＿＿＿＿＿＿＿＿＿＿＿＿＿＿＿＿＿

它的意思是：＿＿＿＿＿＿＿＿＿＿＿＿＿＿＿＿＿＿＿＿＿＿＿＿

烛之武退秦师

这个典故出自：＿＿＿＿＿＿＿＿＿＿＿＿＿＿＿＿＿＿＿＿＿＿

故事里的关键人物是：＿＿＿＿＿＿＿＿＿＿＿＿＿＿＿＿＿＿

它的意思是：＿＿＿＿＿＿＿＿＿＿＿＿＿＿＿＿＿＿＿＿＿＿＿＿

牛饩退敌

这个成语出自：＿＿＿＿＿＿＿＿＿＿＿＿＿＿＿＿＿＿＿＿＿＿

故事里的关键人物是：＿＿＿＿＿＿＿＿＿＿＿＿＿＿＿＿＿＿

它的意思是：＿＿＿＿＿＿＿＿＿＿＿＿＿＿＿＿＿＿＿＿＿＿＿＿

一鸣惊人

这个成语出自：_____

故事里的关键人物是：_____

它的意思是：_____

食指大动

这个成语出自：_____

故事里的关键人物是：_____

它的意思是：_____

肉袒牵羊

这个典故出自：_____

故事里的关键人物是：_____

它的意思是：_____

结草衔环

这个成语出自：_____

故事里的关键人物是：_____

它的意思是：_____